岩波現代文庫／文芸 271

時間

堀田善衞

岩波書店

目次

時間

⁂

一九三七年十一月三十日

兄を下関《シアカン》の海軍碼頭までおくりにいって来た。

甲板の上にまで溢れ出た多数の船客のなかには、兄のつとめ先である司法部の役人とその家族が多勢まじっていた。政府の移転する漢口へと落ちてゆくこれらの人々の顔は、いずれもみな埃にまみれ、平生は法服に威儀を正し、司法官としての威厳を保つことに心を砕き、人を死刑にする時にもとりみだしたりはしない筈なのに、今日は、鼻の両脇に黒いものをためて平然としている。いや、平然としているのではない、鼻翼に埃をたくわえて、而して心急ぎ口喘いで、当方が何を云ってもろくに返事も出来ない有様であった。おそれおどろいて、あわてふためき、胃の腑もひっくりかえりそうな気持でいることが明らかに看取られるのに、それにも拘らず、おかしなことに兄及び船上の大官連中は、わたしたち見送りに来たもの、つまり刻々危局に陥りつつある南京に踏みとどまるか、或は未だ乗船券を手に入れることのかなわぬものどもを、ときとして憐れみの眼をもって、或は軽蔑したような眼つきで見るのである。南京を逃げ出すからと云って何が偉いものか！　逃げ出す特権にありついたものが、踏みとどまらねばならぬものを蔑視するとは何事か！

　まあ、憤慨してみてもはじまらない。とは云え、あれらの脱出していった船客たちの大部分は、意識してあんな眼つきをしていたのでないことは明らかだが、兄の英昌のそれは、決して無意識ではない。一等船室に妻子女中召使など合計十二人を従えてふんぞりかえって云ったことが忘れられない。

「おれは政府及び司法部の命を奉じて漢口へゆくが、お前は南京に残りとどまって我が家先人の神主《いはい》を守り、あわせて家財を全うしなさい。お前は海軍部につとめているとは云え、文官だから、海軍部から南京撤退の命令が出たら、さっさと辞表を出し、やめてしまいなさい。そして家にとどまり、家財を全うし、これを減らさぬようにしなさい。云々……」

　人を莫迦にするにも程がある。日本軍が漸く南京包囲態勢をととのえ、いまにも総攻撃に出ようとしているこの時に、家財を全うすることなど、誰が約束出来るだろうか。全うすだけではなく、減らすな、というにいたっては！　減らすな、ということは、増やせということだ。南京が日軍の手に落ちて、その後でなおかつ財産を増やすとなれば、なにをしなければならぬか、あの司法官、わが兄者たる陳英昌氏にはわからぬのだろうか。もしわかっていて、その上でああ云ったのだとすれば――揚子江に落っこちて死んじまえ、だ。そう云えば、船に乗り込んだ途端に、安心して気が狂ったのか、つかつかと反対側の舷側へ歩いていって、そのままどぶんと揚子江へ飛び込んだ人があるという噂を二三日前に聞いたが、ありそうなことだと思う。何の同情も感じられない。船に乗ったものと、乗らぬものとは、いまやまるきり別世界の住人なのだ。だからわたしは、船客たちを、冷然と眺めていた、とは云えそうである。もちろん、外面では、一路平安を祈る、などと知り合いの誰かれに云ってはいたが、真実は、勝手にしろ、と思っていたのだ。わたしは、あの、非常の場合にも司法官らしさを失わぬ兄を、憎む。金持ちの家長としての風貌姿勢を失わぬ英昌を、憎む。

銅鑼の音を合図に、われながら恥しくなるほど、御無事で、とか、再見を期す、とかという薄っぺらな挨拶をしげくかわして船を下り、しばらく碼頭をぶらついてみた。江岸を徘徊するなどということは、今夏以来、つまりは七月七日蘆溝橋で日軍が戦端を開いて以来、かつてなかったことだ。だが、いま、わたしにはゆったりとそれをすることが出来る――とそういう気がした。白想《パイシャン》（散歩）とは何といい、そして美しい言葉だろう、と考えたことを覚えている。

ふとふりかえって、城外にそびえたつ紫金山を眺めたとき、脊筋に冷いものが、さ、と走った。晩秋の、黄金の夕陽に照らし出された、この、樹木のない、険阻な岩山が、真に紫と金の色に映えて王者のように、そして人間の哀歓を疎外した歴史そのもののように、江南曠野の只中に存在しているのだ。わたしは、その凄切——と云おう——な美に事新しくうたれた。そして南京は敵手に落ちる、と確信した。しかもなお、またそれはいつの日にかわれわれの手に戻る、と確信した。

あたりの仄暗さと騒音を立ち超えて、斜陽を享け身に王者の色をまとった紫金山は、このときわたしにはほとんど宗教にちかいものと思われたのだ。あの紫金の山は、人間の歴史が終り果てた後でも、この地上に生物がまったく姿を消した後でも、なだらかな線のどこかに、一抹の険を含んだあの形のままで存在しつづけるにちがいないのだ。中国の自然は、それが玄武湖や西湖のように、人の手の入ったものも、またあの山のように自然のままのものも、そのいずれもが、どこかに人間を疎外したようなものを秘めている。史前も史後もかくあるであろう、と思わせるような、そういう非情なものを含んでいる。史後(という言葉があるかどうか知らぬが)の自然、その風景を見たかったら、諸君、晩秋の夕刻、南京へ来給え、そしてたとえば玄武湖を前にした城壁の上、玄武門楼上の人となって紫金山を眺め給え、とわたしは云いたい。

すれば諸君は、いまから何万年或は何十万年以後の、そして同時に以前の風景をも、その時の光耀の只中に於て見ることが出来るであろう。あの山にあっては、時間ははじめから凍結しているのだ。いささかも人間にわずらわされぬ、あの露骨な自然をわたしは愛する。

史前であり史後である、この苛酷な美を、われわれは厚い城壁によって拒否し、城壁によって、暖い血と柔い肉をもった人間を守り、精神を守って生きているのだ。城壁は、敵軍よりも何よりも、先ず第一に、無限の曠野とそこにぐいと盛り上った岩山の、硬質の美から、人間とその精神を守るためのものなのだ。……紫金山の背後には、いま日本軍がかくれている。

日本軍は、いつかこの自然に疎外され、中国から追い出されるであろう。何度もくりかえしまきかえし彼等はやって来るかもしれない。がしかし、彼等にこの苛酷な美を所有し、これとつきあってゆくことが出来るだろうか。否。

わたしは日本へ行ったことはない。日本独特の、あの曲線の多い字も読めない。兄の英昌は、東京帝国大学の法律学士ではあるが、わたしは日本を知らない。けれどもわたしは、兄の話や、絵葉書や画報などで日本の自然をいくらかは承知している。あの山々、それもみなもっさりとして重苦しい、黒いほどな緑の葉に蔽われ、樹液の匂いがむんむんとたちこめた自然になれ親んだ——あの自然はわれわれのそれとは異って、人間になれ親しむことを許すのではなかろうか——人々には、われわれの精神がいかに自然と闘っているかを果して解し得るであろうか。日本の庭園術なども、もとはわれわれのそれから学ばれたものであろうが、われわれは彼等のように自然と合一したりすることを理想としているのではない、われわれは自然と闘い、それに抵抗して歴史と精神を築こうとしているのだ。

彼等は城壁の意義を解さない。万里の長城もまた、実は極めて精神的なものなのだ。如何に専制絶対君主と云えども、利益防衛のためだけに、あれだけの犠牲を払いうるものではない……。

あたりは夕闇に沈んでいった。長江は劇烈な速度で流れている。紫金山も闇に沈んだ、が山巓だけがいまは真紅に煌き、山頂の革命記念塔は突き刺された短剣のように光っている。


出帆を告げる汽笛の音がいくつか聞えた。船は空襲を恐れて、転変の激しい長江の河底の変化、すなわち坐礁の恐れをかえりみずに、夕刻にいたって一斉に出帆するのだ。貪慾な兄のことなどは、もはや、どうでもよろしい。

馬車か人力車を拾って帰ろうと思い、江岸から南京站(駅)まで歩いているあいだ中、ぼこっ、ぼこっという、深い水底から巨大な泡が上昇して来て水面で破裂するような、鈍い砲声が聞えた。それはまだ遠い。しかし、旬日のうちにも、あの怠惰な(何故かそう思われるのだ)音は、眼前に閃光を発して爆裂するものとなるであろう。駅前には、馬車も人力車もいなかった。いや、実は駅前広場は世帯道具類や女子供を満載した馬車、人力車、自動車でごったがえしていたのだが、空車は稀にしか見当らず、あっても平生の百倍もの値段をふっかけて来る。わたしは先刻、山を眺めて深遠な(呵々)、平生心を得た筈である、平生の百倍もの賃金を払うなどということは、平生心にそむくことだ。挹江門を通り海軍部まで歩いて帰って来た。

十二月三日

南京は完全に包囲されている。敵は既に鎮江、丹陽、句容、赤山湖、溧水、秣陵関などの、南京周辺の邑々を占領し、昨二日は空襲があった。軍は続々として前線より後退し来り、市内を通過し、いずれへとも知れず重い足をひきずってゆく。敗戦、である。市内の人口は、五十万とも云い百万とも云う。人或はその差の甚しさに驚くかもしれぬ。常時人口は七十万くらいのものであるが、いまは市を出てゆくものと、何の希望があってか、入ってくるものとの両者ともに甚しい数に上り、確実なことは誰にもわからないのだ。

蔣首席夫妻が漢口に退避したとの噂があったが、海軍部に出仕してたしかめたところ、無実であった。敵の放った密偵が各処に潜入しているという話を聞く。中庭で書類を焼く。所用あって交通部に赴き、ついで隣接する司法部に、兄陳英昌無事撤退せる旨を知らせにいったが、どの役所も書類を焼いていた。敗戦とは、文書焼却から発するもののようである。またいずれの役所も人影稀、空谷の如し、である。帰途、中央党史史料陳列館の前を通る。史料の大部分は既に後方に送られたであろう。これから後は、このわれわれ自身が史料になる番である。陳列館の門に、邵委員国葬典礼弁事処という札がかけてあった。国葬はとり行われないであろう。それより先に、国そのものの葬儀が行われなければ幸いである。

最後の事務、つまり書類焼却を終って帰宅。帰路、伯父に邂逅。市政府衛生部につとめる伯父は、どこから聞いたのか、昨二日の空襲に於て敵機を迎撃した戦闘機は、漢口より急送されたもので、蘇聯邦より来援したものだ、と云う。彼は眼を輝かせて、それを語った。両の手をふりまわし、青天を指さして語るのである。伯父の興奮は理解出来ぬことはないが、何となく異様な感じがした。わたしは、この伯父——いつも口辺に白く粘っこい唾をためているこの伯父が、蘇聯邦製の戦闘機によって、異様な言葉遣いだが、侵入されている、と感じた。危機が迫って来て以来、われわれの内部が、実に様々な異物によって侵入されかきみだされていることに気付いた。われわれは、頗る女性的な存在と化しつつあるわけである。勃起した男根が、大砲が、この受身になった都市をめがけて進撃し、侵入して来ようとしているのである。これを考えると、わたしは気弱になる。心に男根を、失ってはならない。

気鬱して帰宅。貨物自動車で負傷兵を運んでゆくのを見、血の匂いをかいだためもある。はじめて、恐怖が、間歇的に、心臓を灼くのを感じる。

役所も空谷のようであったが、これは活動が他へ移ったということで無理にも理由づけられるのだが、兄一家の去った家の広さ、音一つせぬ静けさは堪え難い。がらんとした静けさのなかに在って、しばらく役所のことを考える。役所というものは、そして権力というものは、なんと抽象的なものなのだろう。国民政府海軍部という機能は、漢口へ移動した。部員の大部分も、移動した。海軍部は南京に存在しなくなった。それはそうに違いはないのだが、どうにもうまく納得出来ないのだ。しかも、敵は、この抽象的な機能をこそめがけて、これを征服しようとして進撃して来るのである。権力というものは、実に奇怪な顔をしたものである。最も抽象的、かつ最も現実的なもの。敵軍の背後にもまた、これと同様のものがある筈である。軍隊という肉体的集団のなかに、またその背後に在って、これを戦わせる或る抽象的な、幾百万の人間の生命を物ともせぬエネルギー……。

……そもそもこんなことを考えるということ自体、或はわたしが空城の住人であることを証明するのかもしれないが、そこには、いま考えておかないと永遠に考え、達することの出来ないようなものがあることだけは確信出来る。わたしは、いまや権力の磁場には、いない。今日、それを離れたのだ。そしてわたしは、権力が命じた命令と、わたしがそれをうべなったことから生じた任務だけをもっている。磁力の中心は遠い漢口へ移動した。

任務は、敵に関することだ。

いま考えておかないと——この数日、いろいろな物や現象が、じつに明瞭正確に、見えて来るのだが——これから先、敵が首都に入ってから後は、いったいどういうことになるか、これだけはまったく見当がつかない。今日の午後、伯父の話を聞きながら考えた、あの女陰と男根のことが、どうにも不吉な前徴と思えてならない。

妻が英武をつれて入って来た。妊娠九カ月である。英武は五歳。兄はわたしの妻をつれてゆくことを拒否した。それでは英武だけでも、と云ったのに、これも拒否した。日本軍との戦闘に於ては、城内に危険はない、と云うのがその理由である。そんなら何故自分たちだけ、足手まといの召使や女中までひきつれて退避したのか。思うまい、思うまい。

「わたしたち、この家を出て、どこかもっと小さい家に移った方がよくないでしょうか」

と妻が云った。

無理もない。三階建十九室もあるだだっぴろい洋館が、夫婦と召使の老婆だけでまもりきれる筈もないのだ。が、それは出来ない相談である。兄はきっとどこかに、わたしたちが家と財産を守るかどうかを監視する、スパイを配置していったであろうから。

「わたし、なんだか怖ろしいんです。産婆さんには、電話一本で来てくれるよう連絡はしてあるんですけれど」

蒼白な顔色、短く切った髪が頰を包み、その両端は固くむすんだ唇に接している。

「うむ」

「それに掠奪がはじまりはしないかと思うのですが」

「日軍か？」

「いえ、それ以前に難民たちが……」

「そう……」

一切は不明だ。これから何が起るかは、一切不明なのだ。掠奪は、あるかもしれぬし、ないかもしれぬ。日本軍はやるかもしれないし、やらないかもしれぬ。難民たちも同様である。或は、問題は、食糧と燃料にあるかもしれぬ。食糧も燃料も、決して豊かではない。現に、わたしは難民たちが巨きな空館から様々なものを、暖房用スチームのラジエーターや床板までを持ち出しているのを見た。ラジエーターなど、何にするのだろう、とふとそのとき考えたものだった。床板は、もちろん燃料である、或は小屋掛けのために使うのである。

ふと、考えた、そしてぎょっとした。兄は、わたしたちの自滅を望んでいるのではなかろうか……。自滅は自明かもしれぬ。わたしは悲劇趣味をもちあわせぬ。

「もちろん、いざとなればこんな家なんか捨ててしまうさ。兄が何と云おうが、兄は兄、わたしはわたしだ」ようやく妻は黄色い歯を見せた。

妊娠以来、莫愁は歯が浮く歯が浮くと云い通しだ。「それに貴重品は大部分、もう甕に入れて床下に埋めてしまったのだから」

妻とわたしは、莫愁湖のほとりへよく散歩にいったものだ。六朝《りくちょう》の時代に湖畔に住んでいたという女詩人莫愁の名をとってこの湖は名づけられたのだが、妻をわたしはこの名で呼んで来たのだ。本名は清雪という。

「だから、後は、日本軍入城後は、留守番らしい服装にかえ、それらしいつつましい暮しをしていればそれでいいのだ。上から命ぜられたわたしの仕事は、もっともっと後になってから、落着いてからでなければはじまらないのだ。だから」

「そうですね……」

莫愁と英武は、劇中人物が退場してゆくときのように、落着かぬ、空を踏むかのような足どりで書斎を出ていった。英武はドアーのところでふりむき、

「パパ、明日は早く起きる?」

と聞いた。

連日の疲労が重なり、わたしは早起きが出来ないのだ。

二人が出ていってから、デスクの引出しをさぐり一枚の紙切れを取出した。蔣首席に

あてた日軍の降伏勧告文である。先月二十二日の朝、上司が漢口へ向けて撤退するのを見送りに、中山飛行場へ行った。漢口行きの飛行機が空に消え、昼食をとっていると警報が出たので、ほうほうのていでわたしたちは逃げ出した。そして午後二時半、中央軍官学校の真上で、敵機が、伝単をまくのを見た。その一枚をわたしは拾った。『日軍百万既に江南を席巻せり』という文句ではじまり、『惟ふに江寧の地は中国の旧都にして民国の首都なり、明の孝陵、中山陵等古跡名所蝟集し、宛然東亜文化の精髄の感あり』などと書いてある。『東亜文化に至りてはこれを保護保存するの熱意あり』云々。

信ずるに足らぬ、とわたしの心は云う。こんなことを信ずる方が莫迦なのだ、だが、受身になるということは、何と非道いことであろうか。わたしは、わたし個人の精神の力によってこの受身な姿勢から恢復しなければならぬ。国家、民族の意志といったような、徒に大きなことを考えてはならぬ。

また、ぼこっ、ぼこっ、という、あの怠惰な音が聞え出した。布を被せた太鼓をたたくのにも似ている。どこかで夜の暗い淵が赤い火の泡を吹き上げているのだ。

怖ろしい。しかし、尠くともわたしは恐怖というものの実体を知ったことは、かつてある筈なのだが。それでも、怖ろしい。

十二月四日夜半

首都防衛は、絶望である。南京は、いまや絶望の首都である。The capital of despair ……以下、英語で書くことにする。心を落着かせるために、抵抗と熟慮を要する手段を選ぼうとの考えにほかならぬ。

…………Miss Y. came from Soo-chow……………

楊嬢が蘇州からやって来た。蘇州は南京の咽喉である。十二万の兵が蘇州常熟の線にいた筈である。そして附近の京滬《けいこ》(南京上海)鉄路沿線には、ベトン製のトーチカ陣地があった筈である。これを建設するのに三年かかった筈である。蘇州城は去月十九日に陥ちた。

楊嬢は、わたしの従妹にあたる。はじめは誰が来たのかと思った。まったく見分けることが出来なかった。髪を切り、手足、顔ともに傷だらけで、ところどころ膿をもっている。眼は――眼にいたっては、老婆のそれのようだ、とわたしは思った。十日かかって歩いて来た、と云う。途中、夜戦の只中にはさまれ、一族離散してしまったという。

「まだ誰も到着しないの?」

と不安げに問う。

「どうして上海へゆかなかったの?」

と莫愁。

少女は眼を上げてきっと莫愁を睨む。上海へゆけば、そして外国租界へ入れば、戦争は存在しないのだ。中国民族は、いまや民族大移動の期に際している。女学生の心もまた後方への大移動、大変転を開始していると云うべきか。但し彼女の眼が示していた大後方への意志は、兄のそれとは異り、敵への前進を意味する。英武は相手が出来たので大喜びである。莫愁も嬉しそうであった。彼女はもはや身動きもならぬというに近い。

しかし、何故わたしは先に絶望の首都だなどと書いたか。楊の話が深くわたしを動揺させたからだ。

以下、楊の話。(英語はもうやめだ、そんな粉飾が何になろう) 日軍は去月十九日暁闇、蘇州に入城した。日軍の進出は意外に早く、そして連日の降雨のため泥にまみれ、雨合羽を着ていたため蘇州守備の我軍は、日軍をば撤退して来た友軍と思い、多数の兵が日軍の隊列に入ってともに行進し、城内守備兵も道をひらいて迎え入れた……。殺し合う兵士と謂わんよりは、疲れ果てた、悲惨な民衆の演出した、悲劇であろうか、喜劇であろうか、これは?

そしてその次の日、二十日、すなわち眠り食い、疲労した民衆から元気と秩序(?)を恢復して兵に還った日軍の行動がわたしを怖れさせたのだ。

楊の云うには——二十日朝、将校に引率された二十名ほどの敵兵が、美しい甕や壺の製造を業とする楊一家の館へ押し入って来た。将兵は乱暴はしなかった、勿論充分に皮肉な意味で、ではあるが。兵の銃剣に守られた将校が、通訳を通じ、一時間以内に家族は出て行け、と命令した。

「我々は諸君の家を接収する」

楊一家はあわてて館の裏の仕事場へ移った。家財道具を持ち出すことは禁じられた。何故なら、

「我々は良民の生命財産を保護する義務を有するからである」

一人につき二三枚の着更えと炊事道具のみ、携帯を許された。

その日の午後、楊は仕事場の屋根裏部屋から、茂みを通して館の中庭を見下していた。庭には叉銃がしてあった。が、ずんぐりとした日本兵はまめに働いて館の内部を整理(!)し、やがて銃をもち込んだ。いつまでこの接収が続くのか、その期間は明示されていなかった。

二階の窓で、何かがきらりと光った。楊ははじめ焔か、と思ったということだ。そして中庭の砌《いしだたみ》にぶつかって何かが砕ける音がした。一つ、二つ、三つ、楊嬢は音を数えた。屋根裏部屋を出て、屋根に上った。もっとよく見たいと思ったのである。楊の母が、そんなところにいると射たれるかもしれぬ、諜者だと思われたりしたらどうするか、と金切声をあげて訴えた。が中庭で砕けるものの音は、ついに母親を沈黙させ、父を、ま

た彼女の弟を、また使用人や職人たちの大部分をも屋根の上まで引き摺り上げた。

館の二階には、彼女の父が丹精をつくして作った壺や甕のうち、特に気に入ったものが三十ばかり——なかには一抱えも二抱えもある巨大なものもまじっていた、概して彼は小さな物はつくらなかった——、保存してあったのだ。

例の、黒いロイド眼鏡をかけた将校——しかし日本人というものは、どうしてまあ、ああもひとしなみに眼鏡を、それも黒縁の眼鏡をかけているのだろう。その端正な服装の将校が、露台にあった甕をひとつ、ひとつ、ゆっくりと抱え上げては、中庭の砌《いしだたみ》めがけて落していたのだ。楊の云うには、まるで高速度映画を見ているような気がした、ということである。また、非常に遠い、理解し難いほどに無限に遠いところで行われていることを、眼前に見ているようでもあった、という。それはわたしが砲声を、怠惰な音と思ったことと何やら符合する。将校は、落ちつき払って、何かの儀式を遂行している人のように、粛然とした表情で甕を抱え上げ、あるときは頭上高くもち上げて、小さく、やっ、という呪声をあげて投げ下した。いま、その音が聞えるような気がする。露台の甕が尽きると、部屋裡から持ち出す。やがて兵隊たちも露台に上って来た。みな黙々として甕を持ち出して投げ下した。が、不可避な瞬間が訪れて、沈黙の祭典は、声をともなう、狂気の破壊行為に変化した。酒が運ばれた。飯が運び込まれた。夕闇も運び込まれた。悲鳴をあげつづける生き物も引き摺り込まれた。女、である。

楊一家は、その夜のうちに仕事場を脱け出し翌朝難民の列に投じた。

わたしは恐怖というものを知っているつもりだと、先に書いた。しかしそれは恐怖ではなくて、恐慌《パニック》だったかもしれない。十年前、正確に云えば一九二七年四月十二日のことだ、蔣介石はそれまで共同して戦って来た労働者学生などの勢力を、上海に於て一挙に、残酷無慙に弾圧し、殺戮した。あのとき、上海の街は、そして夜の闇は、もう二度と浮び上ることのない、巨大な潜水艦のように思われた。戒厳令下の町々を、鼠のように、友人の家から家へとこそこそと逃れまわった。夜も通りも建物も、無害な筈の一切の物象は生命あるものに化け、みな一様に眼を備えてわたしを凝視していた。夜は幾億万もの眼をもっている、と感じたものだった。道路も建物も現実の効用を失っていた。わたしは学生だった。足許の大地が、次第に、階段状に盛り上って来て、その階段の頂上に、絞首台が立っている。そういう夢も見た。また、背後から射たれ、その穴に埋められるために懸命にシャベルを動かして穴を掘っている、そういう夢を見たこともある。いまでも、ときどき見る……。

しかし、あれとこれとは違う。いま蘇州の方から、いや方々から包囲し、高速度映画のようにゆるゆると締めつけて来る、この恐怖は、謂わば集団的恐怖だ。わたしひとりではなく、またあれやこれやの特定の壺や甕ではなく、われわれの全部を、全部の甕を鏖殺《おうさつ》するのではないかという予感から来るのだ。楊の話は、深刻にわたしを動かした。特に、その将校が、はじめいささかの狂熱をも示さずに、黙々と甕をうち壊していたという点が。

わたしの考えすぎかもしれないが、それはもはや文化文明の価値を日本人が知っているとか知らぬとかいう問題ではない、日本人が眼鏡をかけた鬼子であるかないかなどということでもない。ひょっとして、その将校は、放心とはまったく別な、妙な云い方だが明鏡の如き心境で甕を抱え上げては投げ下していたのではないか。部下の兵たちが雪崩れ込んで来て、その鏡を汚したのではないか……。空想に限りはない、特にこのような包囲された城市は、空想を食って生きているに過ぎないかもしれないが、いまわたしは、何か正確なものの前に立っているような気もするのだ。ともあれ楊嬢の話は、わたし自身がその場にあったかの如き、明確なイメージを与えた。

これから先、この南京で何が起るか、予測はできない。けれども、何が起ったにしても、上海での日軍の蛮行を報じる新聞、あの新聞式の考え方では駄目だ、間にあわない。この中国という文明と自然の只中で行われる戦争を克服するためには、まずあらゆるものを、敵の挙動も味方の挙動も正確に、原型にまでつきもどして見ることからはじめねばならぬ。

その点、楊嬢は能《よ》く正確に見て来た。そして適確な時刻に脱出した。恐らく彼女がまっさきに脱出を唱えたのではなかろうか。新しい世代であり、新しい精神である。

十二月五日

寒い。

食料。(米国製ミルクを含む)

燃料。

二カ月分。

何もすることがない。早く生れればいいのだが、間に合えばいいのだが(しかし何に間に合わそうというのだろう?)と思うが、莫愁の自然は、日軍の進撃と同じほどにのろい。

楊に手伝ってもらい、家中の鍵を調べる。おかげでこの家には鍵や錠をかけるところが六十八もあることを知った。

楊は当分滞在。漢口の兄一家から音信があってから出発することにする。莫愁は背にふっくらとした洋枕をあてがい、寝台で毛糸を編む。肩で息をしている。

町は難民や撤退して来る兵隊でふくれ上り、後方へ退去してゆく人々でしぼむ。風穴を揚子江に向けて置かれたふいごのようだ。砲声がこのふいごを踏みつづけている。外人や有力商人などの手で難民区が設立されたという話だ。

平凡な官吏としての八年を顧りみる。そして自分の暮して来た世界にうんざりしている自分を発見する。海軍部とは云うものの、あれは海軍公司だった。Naval Companyだ、江海の交通を縄張りとするギャングとどこが違うか。況《ま》してや兄の司法部は。だがしかし、どこの国の政府にしても、必ずやギャング的な、営利会社式な要素をもっているものである。いま、自分はあの世界にうんざりしている、が、それでもなおうんざりさせられるような連中に、人間同士に対しては愛着をもっている。

留保のない証言をしなければならぬ。そのためには、自分に関する限り、あらゆる不正や妥協を拒まねばならぬ。だが、あらゆるとは何のことだろう。わたしの過去は明るくない、裏切りの陰翳に充ち満ちている。悪に充ち病菌に満ち、自然に充ち満ちている。腐蝕し、腐臭ふんぷんたるところもある。これと闘わねばならぬ。つまり嚇っと眼を開いて見なければならぬ。そのための、大いなる機会が、いまや連続して聞える鈍い砲声とともに近づきつつあるような気がする。

戸を開かれた仏壇の前を通ったとき、手を合わせたくなり、手を合わせた。金ぴかの仏像ではなく、白い顔に、紅い唇と黒い眉、黒い眼、黒い髪をつけた、生々しい仏の顔を眺めていると、精神の世界は、事実の世界よりももっと血腥くどぎつい、血や精液などのどろどろした領域のように思われて来る。血や精液の臭いのしない、所謂づきの精神的なものや、思想的なものを信じないこと。基督の血、歓喜仏。

例えば五百羅漢、あれらのグロテスクな表象が最も現実的なものであると信ずること。グロテスクなもののみが滅びないものであること。紫金山。広大な大陸にのみ棲むデーモン。


今日、思いたって歯医者へ行って来た。別に歯が痛いわけではない。義歯が少しぐらつき出していたのを修理してもらう。帰途、歯痛について考える。恐らく、歯痛のある人は、死ぬ、或は殺される直前にも歯が痛んでいるであろう。歯が痛い、痛い痛いと思いながら死ぬか殺されるかするであろう。その人の最後の感覚は、歯が痛いというに尽きるかもしれない。歯痛が生と死のかけ橋となるかもしれない。平生ならば、いくらなんでもわたしはこんな考えを、莫迦な、という一言で斥け、冗談じゃない、貴様は少しどうかしている、などと片づけたであろう。いまは、冗談と正談との区別がつかない感じである。

謂うならば、いまわたしは、或はわれわれ籠城者は、物を考えるのにもっとも適した状態にあるのかもしれぬ。われわれは、何かの到来を待っているのである。その何かは、日軍の到来とともにもたらされるべき或る状態である。そしてわたしがわれわれを失わぬならば、これから起るべきことは、最も精神的な出来事となりうる筈である。

十二月六日

市内は数カ所に大火災を起している。わが家近辺は、大きな洋館がまばらにあるだけだから、自家から火を出すか直撃弾にでもやられぬ限り、その心配はない。

向いの家では、朝から池をさらっている。どういう気持なのだろうか。戦火を目前にし、砲声が城内外を圧しているのに、さしわたし二間ほどの小池とはいえ、この寒いのに冷たい水を弄ぶなど解釈に苦しむ。人間のすることはわからぬものだ。艸魚や雷魚を貰う。

叫び声が聞えたので、鉄門を排して池さらえを見にいった。召使とともに、少佐として出征していた筈の長男が池底に下り、泥だらけになって活躍している。軍隊は解散したのだろうか、一時帰休だろうか。最後に一匹のこった巨大な雷魚——長さ三尺はたしかにあった——を、追いかけまわし、太い棒で頭部を狙い、撲りつけているのだ。その大雷魚が召使を刺したのだ。

雷魚は血を流し、泥水をはねとばし、更に深く池底に潜り込もうとするのだが、苦しいことに、もう底はないのだ。底に達してしまったのだ。雷魚は必死である。泥水をはねとばしている。長男の妻と子供たちも出て来て見物している。刺された召使は血と泥を洗ってもらい、もう池底に下りるのは恐いから厭だと云う。ふと見ると、召使の顔は漂白されたように蒼白かった。急に不機嫌になった若主人は、池から上って棒を投げ出し家の中へ入っていったが、やがて拳銃をもち出して来て、雷魚を射った。

無意味な殺生である。池の主たる雷魚を、無意味に殺したりしてはいかん。わたしは迷信深くはないつもりだが、きっといまにあの家はたたられるであろう。われわれ自身が、いま池さらえをくっている、池底の雷魚にほかならぬのだ。

気持が悪くなったので家に戻り、窓から見ていると、甕や壺を運び出しては、池のあとに埋めている。なるほどそうだったのか。

夕刻、衛生部の伯父来訪。倉皇として来り倉皇として去る。口辺に白い、粘っこい唾液を湛え、ひとりで喋り、喋り尽きると再見とも云わずに帰っていった。彼が去った後の空気は、数々の不吉な流言で濁っていた。恐らく彼は、日に何軒もの家を訪問し、あして喋りちらしているのであろう。それが彼の仕事、すなわち不安を去らせるものとなっているのであろう。空爆に際して、白煙を上げて敵に合図をしたものがあった、いまにきっと城中から日軍に内応するものが出るだろう、とか、漢口へいった退避船が悉く沈められたそうだ、とか、難民が米屋を襲撃したらしい、とか、或はまた声を低めて、日軍は城市を占領すると十五歳以上の青壮年を針金で魚貫《じゅずつなぎ》に縛り、機関銃で射殺する、そしてさいわいに生き残ったものを、つまりは百人に一人ほどの幸運な人を苦力《クーリー》として使う、とかと云う。

これらのすべては嘘であり、また一切真実でもあると思う。何故なら、われわれ籠城組は、既に期待によってのみ生きているのだから。最悪の状態が来るかもしれぬという期待が、一切のものに現実性を附与しているのだ。先日、紫金山を眺めてひどく昂奮したのは、恐らくこの期待がわたしのなかで生れたことを告げる、最初のきざしだったのかもしれない。伯父の如きは、完全に日軍入城後の暴行を期待していると云えると思う。それは心理的に、既に、既成事実だ……。彼が倉皇として知人の家から家へとさまよいあるいているのは、その事実が、いつまでものろのろとしていて手早く眼前の事実となってくれないからである。彼は、待っている。万一日軍が、極めて紳士的であったとしたら、彼の失望はどんなにか大きいことだろう。希望といい、期待といい、いずれも美しい言葉だ。が、今日以後、希望の方はともかくとして、わたしのためには期待という言葉は、白く粘っこい唾液のくっついたものになるだろう。あの細い気泡で縁どられた厚い唇そのものとなるだろう。われわれは日軍に包囲されているだけではなく、われわれ自身の期待によって二重に包囲されている。

ところで希望の方は——。我軍は、市中にいる。そして絶え間なく動いている。伯父の話によれば、孫中山先生の陵墓を守る軍隊は、決死の隊伍を組み、死守せよとの命をうけた、とのことであるが、他の隊は、みな恐らく動いているのであろう。砲の発射音と爆発音とが別々に聞えるようになった。市中が着弾距離に入ったのであろう。

希望は、いまや後方にある、距離感の、奇妙な錯倒を感じる。山河光復の希望は、一刻、一刻、後方へ、われわれの背後へと後退を続けているのだ。後方に去った人々の眼から見たら、われわれは取り戻すべき過去、と見えるかもしれない。日軍は、その後退するわれわれの希望を、つまり未来を追って前進して来るのだ。

開国以来の、すべての近代中国人がそうであったであろうように、わたしにとっても希望とは、開港場、すなわち海の彼方への出口、及び海の彼方から舶載される事物を知りたいという情熱とひとつのものであった。ところが、いまや海からは日軍という絶望が侵入して来、希望は海に背を向けて中国の奥地へと転廻し、一歩一歩、一刻一刻、根元の方へと戻ってゆきつつあるのだ。都市は欧風化し、田舎はいつまでも太古のままという、この変則的な中国文明は、いま非常な shake up、揺り返し、混沌の時期を迎えたわけだ。都会の学生の群れは、農民を、すなわち中国を知り、農民は都会人の悪を知るようになるだろう。中国人はみな中国の事実を知るようになるだろう。血がひくように、希望がわれわれの背後に去り、敵がわれわれの城市のなかに入って来ようとしている。誰が見ても、いまわれわれは、戦慄すべき状態にあると云えよう。

この戦慄こそ、爾後の占領という暗黒のなかにともすべき灯となるものだ。しかも大後方に去りゆく彼等ではなく、静かに彼等を見送っている我等が戦闘場裡の只中にあって戦争を経験するのだ。このことがうまく納得出来ない。どうにも去りゆく彼等の方が、戦争にゆくのであり、我等は正当な名分のある戦争ではない、なにか恥ずべき、重苦しい気圏のなかに閉じこめられるのであるような、気がしてならぬのだ。支配者の交替は、精神の気圧の激変を伴うものだ。わたしには、革命による「解放」が、どんな気分のものであるか、わかるような気がする。

われわれの現在の、緊張と戦慄を持続出来なくなり、灯を消したとき、それが何でもない日常と見えて来たとき、異常事が生活の手段と化したとき、人は、裏切る。

その危険は、わたし自身の裡にもある。先刻からわたしは、ひそかに市民とはいったいどういうもののことであろう、と考えていたのだ。この考えは、恐らく事をここまでもち込んでしまった人々、われわれを領導して来た責任者に対する怒りと疑いと反抗を含んでいる。敵味方両者の、非常に立派だが意味のない演説をぶつ人々に対する、憎しみをも含んでいる……。しかしこのことは、後日に譲ろう。まだ南京にとどまっているという政府首脳部についての疑いなどを、いまのいま一市民が考えていたのでは、首領たちもいい気持がしないだろうし、わたしもあまりいい気持ではない。要するに、わたしのなかには、多くの思想が一致しないままで、仮の協定を結んで共存している、というわけだ。

良い報道がまったくないので、莫愁に云うための嘘の報道を拵えねばならない。わたしはつまり情報処か宣伝処の仕事をしているわけだ。役所でのことを思い出す。わたしが嘘をついているのを、横で楊が監視している。莫愁と楊とがときどき眼を見合わす。役所の建物や告示と、民衆、市民との関係。嘘を基礎とした調和。政府というものが、もし戦争の勃発を恐れることがあるとしたら、それはこの調和に変調を来すかもしれないという不安、これがぎりぎりのところにきっとあるであろう。共産党の共同戦線要求に対してぐずぐずしていることの理由。

今日で家の中の整理を終る。不要なものと貴重品とが、いまや同質のものと化している。

明日から、塹壕掘りにゆく。

十二月七日

今日、わたしは兵士だった。廃屋を片づけ、そこに壕を掘ることを命ぜられた。家の土台石が意外に深く埋められていたので、鍬を振って掘り起していたとき、運悪く鍬を折ってしまった。そして若い指揮官から猛烈に叱られた。驚いたことには、その指揮官は、若いくせに、鍬が折れたのを見て意想外のことが起った、という顔をした。大きな石が相手なのだから、道具が壊れるかもしれぬといった可能性について、何一つ考えつかなかったらしいのだ。一瞬殺されるのじゃないか、と思ったほどに怒った。しかも彼は弁明を許さない。わたしとしては、早くやらなければ敵が来る、敵が来てからでは間に合わない、と思ったからこそ無理をしたのだ。しまいには、彼はわたしに対してではなく、石と折れた鍬に対して怒っているのではないか、とさえ思われた。命令というものは、まったく人間に対してだけしか出来ないことなのだ。命令を下すことになれてしまった人間は、恐らく判断力を失ってゆく。あの若い士官の上級、その上、そのまた上の上へとピラミッドを辿っていったら、頂点にはどんな化物がいることだろう。がしかし、塹壕掘りは愉快だった。真剣だった、だからわたしは莫愁がどんなに不安な思いで家にいるかが、わかった。わたし自身にしたところで、不安だから、昨日書いた自分の言葉を使えば、仮の協定を結んだ存在なのだから、こんなものを書いているのである。

　働きに出て、もう一つ感じた怖ろしいこと。

　それは、南京というこの城市の在り方自体が、何か怖ろしいことを招きはしないか、ということだ。

　すなわち、南京は中国の首都である。国民政府の所在地である。だから、大都会であり、繁栄を極めた都会である、と敵は考えるのではなかろうか。ところが、実は、南京の実態は、一地方都市を出ないものなのだ。その歴史はたしかに古い、北京と相対称されるのは理由のあることなのだ。がしかし、国民政府が民国十七年四月(一九二八年)に南京を特別市として首府を置いたときは、たった十七万しか人口のない、産業と云っても、農産物、特に鶏卵と旧式で上質ならざる繻子や緞子《どんす》製造くらいのもので、いまは人口が五十万から百万のあいだだとは云うものの、市内には広大な麦畑あり、桑畠あり、池沼あり、クリークあり、丘陵ありというわけで、そのあいだを、幅員八米の中山路をはじめとして、整然たる鋪装道路が棋盤の目のように貫通してはいるが、建物と云ったら……。池沼田畑の方が多いのだ。街路の大小広狭、建物の新旧、大楼と陋屋の混淆した、まったくの未完成首都なのだ。官衙《かんが》、学校、銀行、外国公館を除いたら、要するに三流どころの一地方都市にすぎない。

彼等は恐らく失望するであろう。そして首都を落しても決して戦争が止みはしないことを知って二重に失望するであろう。

それでも上海のように家々が櫛比《しっぴ》していたら、建築物の威容に規正されて、心内の暴を制することが出来るかもしれないが、この城市では、大建築物はそれぞれ孤立し、しかもみないまは内部ががらんどうなのだ。威は史跡にあるのみ。

この城市の一切が、わたしにはなにか不吉と思えてならなくなった。しかも、こういう心的状態こそが最も災殃を招きやすい状態であると承知していても、どうにもならぬ。

土工をやっていて感じたもうひとつのこと。昨日、事実ということについて何やら云々したが、事実というものはあっけないものだ。長江を底辺として半円型に包囲された城市にあっては、兵が駆け出していったとしても、逃走退却しているのか、それとも攻撃にゆくのか、さっぱりわからぬということだ。指揮官は、図上で前進退却のいずれかを知っているのかもしれぬ。しかし図上のそれは何を意味するのか。図上にあるものは意味だけだ。

わたしの眼がどうかしているのだろうか。見るものすべてが奇怪な、グロテスクな、解釈不能のものと見えて来た。

横屍　砌《いしだたみ》に交わり喘息猶微かに存するものもうち棄てらる。傷兵と難民は相交わって街路に臥す。漸く収容能力の不足を感ずるにいたった。

夜半、漢口より第一回連絡あり。調子悪し、空電多し。が、馬羣小学校の国旗掲揚塔はとにかく働いてくれている。地下室の整備終了。召使の洪嫗が第一回上海戦争の経験者であることが心強い。一家中、五十八歳になる老婆を心頼りにしていること、考えてみれば滑稽である。

十二月八日

暁闇、至近での銃声に眼覚めさせられる。すぐに莫愁を顧みる。びくっと身体を波打たせ、不安げにこっちを見ている。無言のままカーテンのすき間から覗くに、向いの若夫婦と子供が乗用車とトラックに乗って去るところであった。夫が拳銃の試射をやったのである。あの男は、拳銃で雷魚を射ったり、試射をやったりすることのほかは、一切戦争はしないつもりらしい。乗用車にしてもトラックにしても、恐らくどこかの役所か、公館から盗んで来たものだろう。番号札をはがしてしまってある。窓をあけると、手をふって、お元気で、などと云う。当方も、吐き出すように、一路平安、と云う。

朝食前、英武及び楊嬢といっしょに家のまわりを散歩。千米ほど離れたところにある馬羣小学校の国旗掲揚塔を見ていると、ひとりでに口許が弛んで来る。楊は何をにやにやしているのだと訝しがるが、これだけは云うわけにはいかない。あの小学校は、占領されるかもしれない。そしてあの、小さい学校にしては高すぎる掲揚塔には、世界で最も美的感覚を欠いた、白に赤丸の旗が掲げられるかもしれない。があの旗竿は、そのままで、わたしには別な働きをしてくれるのだ。

兄より何等音信なし、まだ郵政局の無線電信は生きているのに。楊は漸く焦躁し、わたしはとどまるか、ひとりであてなく行くか、決心しなさい、と云う。家のまわりをぐるりとまわり、空屋と化した向いの家をつくづくと眺める。何か荒々しい気持になっている自分を発見する。掠奪、放火、殺人……。空屋は人を誘う。人間の生活のあとが生々しければ生々しいほど、誘われて胸中に住む魔が躍り出ようとするのだ。甕を壊した日軍士官の話を思い出す。

　わたし自身、何を仕出来すかわからぬ気がして来る。そういう、次元の異った時間の圏内に、刻々突入しつつあるのだ。その意味で日軍の最前衛は既に城内に侵入しつつあるのだ。家に入ったとき、時計が七時をうつ。突然、夢から覚めたときのように、愕然とした。この、悪夢に包囲された世界にも、人間の世界全部に通ずる時間が存在していたのだ。「一、二、三、四、五、六、……」最後の一つがうち終ったとき、どうにもならぬ疲労を感じた。何か、がっかりしたのだ。最後の一つが、この異常な状態からの解放、赦免を準備してくれる、とでも思ったのだったろうか。楊嬢、とどまることに決定。

　莫愁を楊にたのみ、また塹壕掘りにゆく。足も腰も痛いが、労働した方がいい。戦争は、九十九パーセントまで労働なのだ。労働以外のなにかだなどと思うことは、人生を誤るものだ。難民救済委員会に加わろうかと思ったのだが、昨夜の連絡に、別命あるまで公職類似のものについてはならぬとのことだったので、諦める。とにかく、仕事が、特に身体を使う仕事があることは、いいことだ。けれども伯父のように、傷病難民を何千と抱えていながら、謡言をふりまいてあるくことの方を重視している人もいる。彼はもう時計がどんな時間を告げ知らせようが気にもすまい。しかし、いまはそれを気にしないことが一つの力となりうる、そういう時間が支配的になりつつあるのだ。砲声の近迫とともに異常な興奮が昂まってゆく。詩人たちは何度も何度も人生は短いと警告して来たが、いま人生は短いのか長いのか、よくわからぬ。長くも短くも感じられない、ひょっとするといま人生は長かったり短かかったりする時間の着物を脱いでいるのかもしれない。

軍隊の移動、ますます激しい。流動と云った方がいいかもしれない。隊伍を組んだもの、まるで列をなさぬもの、五人十人ばらばらなもの、等々。土を掘り、南京袋につめ込む手をやすめる毎に、まったく異った兵士の列を見る。が、しばらくすると、どの隊も同じようなものに見えて来ることに気付く。軍隊という、或る量としか見えなくなる。昨日のように鍬を折ったりしないように今日は気をつける。

午後四時頃、あたりがくらくなりかけた頃、突然、突風のように蔣首席夫妻が飛行機で脱出したという噂が襲って来た。どこから来たのか、そんなことはわからない、突風にうたれたような気がした。噂は命令よりも早く、波のように伝わっていった。人々の姿勢の変化がそのことを物語っていた。千人を越える一団の土工たちが、一瞬仕事をやめて空を仰いだ。どこにも機影はなかった。わたしはと云えば、感動した、と云うにちかい。ぞくっ、とした。特権の座に、堂々と、何の疑いもなく坐り込み、そこから百千の命令を下し、危険が迫ればさっと引揚げる。それは当然でもあろう。特権というものは、何と勇ましく、かつ感動的なものなのだろう。それに比べて、生命となけなしの財産を守ろうとして右往左往している難民たちは、何と、ただ単に悲惨であることか！

この噂が通過して以来、土掘りや土運びの人々の動きが、眼立ってのろくなっていった。同時に、監督の将校が急速に怒りっぽくなっていった。まるで自分が今日以後蔣首席の役割を代行する、と宣言しているかに見えた。滑稽なことである。けれども、将校と土工たちの間の距離は、これを境にして急速にへだたりを増し、対立と云うより、むしろ敵意に近いものに変質していったことは注意していいことだ。将校は、部下に対して憎悪と恐怖にも似た感情を抱いて正面向いて相対したまま、すっと二三歩、首席の飛行機の去った方向へ退いていったような気がした。或る種の将校は民衆にとって危険な存在である、いつなんどき彼等は忠誠の名に於て彼等の首領の許へ逃げ出すかわからない、民衆と部下を危険のなかへ遺棄して。首席は民衆の方へ硬い顔を見せた将校や政治家たちの背中にとりまかれている。

首席脱出のニュース――これは恐らく事実である、私はそれを疑わない――に接してからしばらくして、伝令が監督将校の許へ着き、わたしの名が呼ばれた。いってみると、あなたは土工などに従事なさらなくともよいのに、といわれる。将校はにこにこしていた。わたしを奴隷のなかから引き上げて、自分たちの仲間に加えてくれるというのである、仲間が一人増えたというのでにこにこしたのだろうか。彼は、われわれは戦車壕を掘っているのです、と重大な秘密を洩らしてやるぞといった口振りで云う。危険が直ぐ門外まで迫っているのに（いや、ひょっとすると迫っていればこそ、かもしれないが）身、分秩序を守ろうとする人々がいる。「将校」と事の是非を論じてもはじまらぬことは、海軍部内の文官業既に八年の経験によって、わたしはよく知っている。

帰宅の途次、爆撃による火焔を眺めながら、明《みん》の孝陵をもう一度見にゆきたい、と切望した。中山門外四キロ、艸《くさ》の間に並ぶ石人や石馬、象や駱駝などの石獣、武人の形をした翁仲の姿などを見て、不安な、怖れおののいている自分の心のなかの、その底の方に実在すると思われる、或る落着きに似たもの(似たものとわたしは云う、)これを確めてみたいのだ。あのグロテスクな石人や石獣についてわたしは何等の迷信ももっていないが、地面に垂直に立っている花崗岩にじかに手で触ってみたいと思うのだ。やみくもな情熱を感じるのだ。明《みん》も滅び清《しん》も滅び、十数年に及ぶ長髪賊の乱で、古都金陵の姿は完全に亡くなっている。しかし石でつくられた象徴たちが自然の一部と化して艸の間《ま》に残っている。自然の一部と化してはいるが、しかしあれはあくまで人工になるものだ、人間の運命と関係のあるものなのだ。あの石像をでも楯にとらなければ、今日の狂乱状態のなかにあって理性的であることは難しいと思うのだ。ましてや男は子供を生むことも出来ない。実際、理性が石造の人獣と関係があろうとは、想像もしなかったことだ。

昏夕、道で人と相触れると、たがいに相驚駭する……。伯父が云ったことを思い出す。日軍は人力車夫に化けた密偵を送り込んでいる、云々。広い中山路を埋めて一群の黒牛を移動させている人がいた。どこへつれてゆくのか。

町角で大きな犬を踏みそうになった。南京には、主人に捨てられた素晴らしい犬がうようよしている。

夕食後(夕食は昨日の残りの艸魚、雷魚を菜とする。卵や肉の値が昂騰し、買えなくなった)、莫愁、楊嬢としばらく話す。莫愁は腹をつき出し、もはや纏足の女の如くにしか、よちよち歩きしか出来ない。話題は、平時の如く、親族知己の噂。上海の英租界や仏租界では、金持ちたちはいつものように五菜両湯を食らい、ダンスをし、麻雀をうっているのだ。東北(満洲)華北は早く日軍に占領され、人々は上下ともに奴隷と化し、いまわれわれは明日を知らぬ囲城のなかで怖れおののいている、政府は漢口に逃れ、わが兄はこの家と財産の死守を命ずる。砲声だけではなく、既に連続する銃声を聞くにいたった。首領にうち捨てられた現在、敵軍が、次第次第に、われわれの支配者の地位につきつつあるのだ。

交替。

いまの、この〝次第次第〟という時間の変質、これがわれわれにどんな作用を及ぼすか。銃砲声は次第に足許を崩すものとして聞かれる。

会話は途切れ勝ち。莫愁も間に合うかどうかを考えているのだ。

次第に足許が崩されてゆくとならば、それならばいったいどこからこの恐怖と崩壊を克服すべきエネルギーを生み出すか、汲みとるか。それが存在するということを疑うな。

男が、自分が英雄でも何でもない、愚劣な、要するに男にすぎないということを悟るために、女と子供が必要なのだ。女子供は、狂気の邪魔になるのだ。

明日はもう土工にはゆけない、することが何もない、そのことを考えると不安で眠ることが出来ない。莫愁も英武も楊も静かに眠っている。しかし、いつなんどき喚きいで叫び出さぬとも限らぬ眠りである。

またひとしきり、銃声。青黒い夜の闇に紫金山がどす黒く浮び上り、その肩のあたりに赤黄の閃光を見る。鋼鉄の稲妻は、山の麓の石人石獣の行列をも照らし出しているだろうか。城壁の外、時間の外に存在する自然の眼下で、われわれはこれからどんな時間をもつのか……。

⁂

十二月九日
わたし自身をも含めて、この南京城内の、一切が流動しはじめた。南京市は、五十万とも百万ともいわれる残留市民、難民、兵士を周囲五十六キロにわたる城壁の中に抱いたまま、揺れている。この揺れが一層はげしくなり、誰も立っていられなくなり、彼等、すなわち日本軍に属する人間だけが立っている、立つことの出来る者となったとき、我々は亡びたる者、となるのだ。それは、南京市が日軍の砲火の下に慴伏し、その質を変えることを意味する。

しかし考えてみれば、質を変えるとは、何と奇妙なことだろう。もちろん、何の変化もなしに変質するのではない。そのためには何千何万という生命が犠牲に供され、砲火はひょっとすると全市を灰燼に帰せしめるかもしれない。そしてまた、我々が、もしさいわいにして生き残ったとしても、〝亡びたる者〟となるということも、何と奇妙なことだろう。たとえばこのわたし、陳英諦は、主観的には、たとえどのような境位におとしいれられたにしても、陳英諦という名をもつ生れながらのこのわたしであるに違いはないのであるが、客観的には、わたしもまた滅亡の民の一人となるのである。淪陥区の住人の一人となるのである。奴隷的境遇にある者、すなわち、奴隷の一人になるのである。しかも、いかにわたしが、その精神に於ては奴隷にあらず、と主張しても、奴隷であるという客観的事実は変らない。しかし、客観的事実とは何か。恐らく、このあたりに、カテゴリックな思考乃至整理法の含む毒素が作用しはじめる端緒がひそんでいる。客観的状況の知的把握がいかに完璧であったとて、その知的把握だけからして、その状況を変革すべき情熱は出て来ないであろう。ある場合には、知的、理論的把握は、かえってその人そのものを無力化し、破壊さえするかもしれない。

日軍入城後に出て来るに違いない協力者、漢奸は、恐らく非の打ちどころのない論証を以て、自分が裏切ったことの根拠を説明するであろう。しかし、非の打ちどころのない論証は、あらゆる論証のなかで最も弱いものなのだ。何故なら人は、非の打ちどころのない話を聞くことを、なんとなく嫌悪する。あまり話がうますぎる、と思うのである。この辺にも、何かが、ある……。

つまりわたしも、すべての人々ではないが、非常に多くの人々と同じく、日軍の占領を既に予期し、その隷下で生きるための心の工夫をしているのである。

砲火、死、占領、亡国、属国、殖民地。

奴隷の境遇にあって、いかにして奴隷ならざる、奴隷から最も遠い精神を立てて生きてゆくか。わたしは本能的な愛国心とか、愛国的な本能などというものを信じない。それはほとんど悪である。そしてこの悪を組織したものが用兵学である。わたしは、海軍部の文官を八年間もつとめた。そのことをわたしはよく知っている。用兵学は、農耕の技術とともに最も古い、最も発達した技術であり、これがあるからこそ人間は国際紛争を戦争によって解決しようとするのだ。用兵学のとりこになってはならない。

そして軍人は、最古の職業の一つである。

戦車壕を掘る土工の仕事にゆけないので、今朝も五歳の英武と、蘇州からたった一人で逃げて来た従妹の楊嬢をつれて家のまわりを歩き、ついで庭の掃除をした。掃き寄せられた枯葉のなかに、異様に光るものや、ぶつかりあって金属的な音をたてるものがあったので、よく見ると、硝子の破片、砲弾の破片がまじっているのだった。もう一度家のまわりを歩いて窓を全部調べてみたが、どこにも硝子の壊れたところはなかった。この辺は、洋館がまばらに立っているだけで、砲爆撃をうけたところはないのであるが、落葉のなかにまじっていたものは、当然のことながら、どこにも安全地帯というものがなくなったことを物語っていた。

　銃声や砲声のことは、もう書くまい。それは、十一月末日にぼこっ、ぼこっという、遠い〝怠惰な〟音としてはじめて聞いて以来、既にわれわれの日常性の一つになってしまっているのだ。はじめわたしは、大きな腹をした莫愁に、この銃砲声がきっと悪い影響を及ぼすにちがいないと思い、毎日毎時、少しでも大きな音がすると、すぐに二階の方を気にした。夜半、地下室で無電機を前にして任務についているときでも、莫愁のうめき声か叫び声が聞えはせぬかと耳を澄した。が、いまでは――たった一週間で――さして気にしなくなった。莫愁自身も、いくらか(厭な言葉だが)慣れて来たようだ。

　日常性の一つ、慣れて来た――しかし考えてみれば、何という異常な日常であろう。けれども、もう一度しかしだ、そしてもう一度考えてみれば、だ、これが日常性というものである、と定義できるような、万人に普遍的にあてはめることの出来るような、いわば一般的な日常性といったものが人間の生活にある筈がない以上、現在のこの異常な状況を、極限的な、例外的な状況とのみ眺めることの許されないことは明らかである。むしろこの異常さこそが、われわれの時代の日常性というものなのかもしれない。日常性という言葉は、例えて云えば、すぐに平和な日常という状態を想わせ、帝力我に何かあらんや、といったことばを思い出させるが、このことばの裏に、もしかして権力を規制しようとする民衆の真面目な努力がひそんでいるとしたら、これは平和な日常などという甘い空想とは余程距たった、異常な状況がそこに存する筈である。日常と異常とを無理に区分けしても、そこからは何物も出て来はしない。わたしとしても、精神を立てて生きるために、必死のというのが誇大にすぎるなら、異常な努力をしているのである。

わたしは先日、街で見た光景を思い出す。難民らしい、綿入りの服に着ぶくれた屍体がころがっていた。屍体の咽喉部に、なにか白い、まるいものがうずくまっているのが眼についたのだ。厚い綿入り服から露出しているのは、顔、咽喉、手首、指、足首の一部、とこれだけだった。咽喉はそのうち、最も軟かい部分である。そこに、白い、一層軟かそうなまるいものがとりついていた。猫であった。

猫が、屍体の最も軟かい部分を噛み破り、食っていたのだ。

かっとなってわたしは猫を追った。

猫は五米ほど先へ飛び去り、そこにまたうずくまって口許、咽喉、前足などを紅に彩った血をなめはじめた。

わたしは、凝っとその猫を見詰めていた。

血は次第に拭い去られ、五分もたたぬうちに、猫はもとの純白にかえった。

あれがもし猫ではなくて、人間だったとしたらどうだろう。そんなことは考えられぬという人があろう。そう云いきれる人、信じられる人は幸福であろう。そういう人は、そういう人で、それでよろしい、わたしは別に異を立てようとは思わぬ。

しかし、もしあれが猫ではなくて、人間だったとしたら、その人は『もとの純白にかえる』ことは、出来ない筈だ。人間だけが不可逆なのだ、人間だけがとりかえしのつかない行為をなしうるのだ。動物にも、或は『失敗《しま》った』という感情乃至恐怖はありうるかもしれぬ。しかしとりかえしがつかぬという評価判断は、ない筈である。われわれのあらゆる行為がとりかえしのつかぬものであるからこそ、われわれは歴史をもちうるのであろう。

だが、こう考えてみたところで、わたしは一向に慰められはしない。

何故なら、戦争という異常事に出掛けてゆき、また無事に市民生活という日常事に戻る、という、こういう云い方や在り方がある限り、また不可逆な歴史を通じて戦争というとりかえしのつかぬことが繰り返されている限り、心慰むべき理由が見つからぬからだ。

このことはわたしを絶望的な宿命論、決定論へ導きそうになる。それはわたしを絶望の穴倉へ引きずり込むに足る力、エネルギーをもっている。穴倉へ引きずり込まれぬためには、わたしの精神が、いわゆる人間的なものの忘失を要求する戦争の状態のまっ只中に立っていることを必要とする。宿命論の穴倉へ逃げ込むならば、周囲のどんなことでも、戦争でも、見ずに、すますことが出来る……。抵抗の最大な地点に、わたしがいささかも心慰まず、留まることが出来ないと感ずるその地点に留まることを、必要とする。そして何事も、敵に関しても味方に関しても、よし公平にではなくとも、少くとも正確に伝えて行かなければならぬ。伝え考えることは、それは生を深め、根を強くするのに役立つ筈だ。

その地点とは、それは怖ろしい、荒涼として人気《ひとけ》ない地点である。既に南京は、人間に充ち満ちて、しかも人気のない戦場である。既に人々は、人間臭に満ち、生命力に充ち満ちたものを、驚異の眼をもって見るようになっている。昨日通りで見たことだが、三人の老人が立止まって糞尿の樽をつんで悠然と町を行く農夫の牛車を、何か異常なものを見るかのような眼附きで注目していた。あれがもし、負傷した兵をのせていたら、三人の老人は決して立止まりもしなかったろう。牛車が行ってしまい三人の老人もそれぞれの方向に散ったそのあとには、沈黙の溜り場ともいうべき空間ができていた。市内には、急速に人気ない沈黙の溜り場が増えて来ているのだ。その場には、既に恐怖というのではなく、恐慌の領域に属する病菌が培養され、この恐慌菌に犯された人々は、一様に顳顬《こめかみ》と頬をひきつらせ、それまで笑窪をもっていた女性も、きっとそれを失くする。そして、他人と異った考えをもたないように、懸命の努力をはじめる。特殊な存在、個人であることを避けたがり、恐慌するマッスのなかへ自分を消去しようとする。群居本能が支配的なものとなり、コンフォルミズムが思想の代役をつとめはじめる。

わたしは既にある種の確信をもっている(しかし期待では断じてない)――日軍はこの沈黙の、人に満ちてしかも人気ない城市に入って来てどんなことを惹き起すか、について……。

……いつまでこんな日記を書いていられるか、わからぬ。明日はもう書けなくなるかもしれない。しかし、それが出来るあいだは、地下室の、この無電機を前にした机に向って書きつづけるつもりである。無電機を移動させねばならなくなったら、このノートもいっしょに移動する。

これを書くについて、わたしの心掛けていることは、ただ一つである。それは、事を戦争の話術、文学小説の話術で語らぬこと、ということだ。

十二月十日

日軍は既に南京城を完全に包囲している。

湯山、雨花台に於て激戦展開中。

牛耳山にてもまた。

将軍山一帯のベトン・トーチカ陣も日軍飛行機の爆撃により、大半潰滅せる模様。

朱盤山一帯は、人血のため艸木の色朱殷《しゅあん》に転ぜしと云う。積屍丘を成せしとも云う。

日軍は俘虜を悉く殺す。刀にて乱斫《らんしゃく》するため、路に満ちたる僵屍《きょうし》は、つねに傷痕体に遍し、と云う。恐らくこれは、屢々斫られて然らしめられるのであろう、一人の致す所ではなかろう、と。

また云う、日軍麒麟門に殺到、中華門もまた危し、と。

砲声銃声は城内外を圧し、何処にも人間の人間なるを示す声なし。

われら、すなわち、大きな腹をした莫愁、楊孃、英武、召使の洪嫗、それにわたしの五人は一室に集まり、言葉少なく語り合う。そのあいだ中、いやそのあいだだけではなく、いまではもう二六時中ガラスはびりびりと慄えている。われわれの心もまた同じ。

午後三時頃、ふと銃砲声の途絶えた、真空のような時間があったので、十分ほど庭に出てみた。楊孃と英武がついて来た。

何気なく、わたしはもみじの枯葉を一枚拾いあげた。

と、英武も楊孃も、同じように拾う。奇妙なことするな、と思っていると、英武が唐突に、云った。

「お父さん、きれいだねえ」と。

その言葉に、わたしは、ほとんど驚愕した。ぎょっとしたのだ。この五歳の子供が……。

わたしは、彼と同じことを考えていたのだ。楊嬢もまた同じく驚いたらしいことは、うるんだような大きな眼が物語っていた。

われわれの生活も生命も、既にわれわれ自身の手でどうにかすることが出来る圏外に出てしまっている……。われわれがいま過しているこの時間は、死を宣告された人がもつかもしれぬ時間に、近接している……。

いまわれわれは、死を通して生を見ている、とは、あるいは云えることであるかもしれない。

われわれは、あらゆる事物、風景を、死という透明なガラスを通して見ている。

――お父さん、きれいだねえ――

葉脈の隅々にいたるまで、それは完整している。完美である。

われわれの生もまた、葉脈の隅々にいたるまで透けて見えるような気がする。

たしかに、平凡なもみじの枯葉が、そして枯葉をのせて微動もせぬ大地が、これほど、信じがたいほどに美しく豊かに思えたことは、かつてなかったのだ。

また、わたしは、頭をめぐらして紫金山を望み見た。この、きびしい巌の山は、人が眼にしうる極限の、地の際涯にそびえる極楽か地獄か、そのどちらにも通じうるような、極端な美をたたえて、屹立していた。

もう二度と還り来ることのない、旅路に出る人のように、わたしは何度も眼をあげて、かの山を望み見た。もしわたしが詩人だったら、永訣の秋といった題で書けたかもしれない。

木の葉にしろ、ガラスの破片にしろ、光っているものはすべて、そこに時間が、人の手も、銃も剣もが触れえぬ永遠が、光耀という形をとって存在していることを、明確に示していた。一葉の紅葉、ガラス片、紫金山、これらはいますべて同格であり、同質である。

再び銃砲声が北東南の三方から盛り上って来たので、英武と楊嬢を屋内へかえした。わたしは庭のポーチにしゃがみ、考え込む。

わたしは、いま眼前にしているような、永遠が一瞬の光耀に凝結した、この瞬間のこの正確な風景を決して忘れないだろう。

お父さん、きれいだねえ……。

しかし、これらの言葉が、現在の危機的な日々に於てではなく、平和な(?)時にも、矢張りそれとして信じられ得るかどうか……。恐慌に動顚した眼に映じた一種の幻覚としてしか信じられないとすれば、それは人間に関する限り、異常事と日常事の間に差なしとする、わたしの前提乃至覚悟をひっくりかえすものであろう。

しかし——

しかし、しかしだ。

それが美であることを認めるのに、決してわたしはやぶさかではないが、しかし、この美は、人間が何者かに呑み込まれることによってしか出現せず、その光耀は、光りというものがつねにもつ温さをではなく、むしろ氷のような冷たさや、肉体的な疼痛にも似たものを感じさせる。

五歳になったばかりの英武が、誰よりも先んじてこの美を認知したことは、わたしに早く死んだ友人Pのことを思い出させた。Pはフランスに遊学中、自動車事故で死んだのだ。Pは、中国の文学に於ても、また西欧の文物についても、何故か夭折した文士詩人の作物のみを好み愛していた。中国に於ては李長吉をもっとも愛し、フランスにてはランボオ、ロオトレアモンなどの頽唐派を愛していた。幼児の眼には全宇宙の全歴史あり、というのがPの好んで口にする言葉であった。わたしは、そのいささか感傷的な言葉を認める。勝手にしろ、と笑いとばすか、さもあろうと認めるより他にどうしようもないからだ。Pがいまここにいたら、一片のガラスの砕片の光耀に、全宇宙の全興亡を認めたかもしれない。死を前にした、或は死を通して見た正確な風景に、彼ならば恐らく『真理』というにふさわしいものを見たかもしれない。

こうした美、真理は、先にも云ったように、生活が不可能な状況に於て、人間が何者かに呑み込まれることによって成立し、その美と真理は、これまたそこにのめり込んでゆく人間を呑み込む筈である。

こういう状況に陥ってはじめて、美を、非情な美を認識するということ。古人は美は困難なりといったが、美がもしかかる危機的な状況に於てしか認識されないものだとしたら、わたしは美を、むしろ憎悪したい。美の実態は、しかし、生やさしいものではない。要するに美しいどころのものではないかもしれぬ……。普仏戦争で、プロシア軍がパリー市を包囲していたとき、パリーの文人たちがはげしい唯美的な思想に憑かれていたという話をPがしたことがあった。それはまたわたしに次のようなドイツの詩人プラーテンの詩句を思い出させる。

美わしきもの見し人は
はや死の手にぞわたされつ
世のいそしみにかなわねば

かなわねば、ではなくて、いまわたしたちは世のいそしみをもぎ取られてしまっているのである。戦争の気圏内では、実に様々なものがその蔽いを剝ぎとられて生な実体を露出するようである。こんな唯美的なものまでがあるとは、予想もしなかったことであった。

わたしが、これを認めながらも、なおかつこのような美意識にはげしく反撥するのは、根本的には美というものには、人間を、或は生活を絶した何かがあり、従って美にはつねに絶望的な何物かが投影しているからでもあろうか。自然は、自然美は意志された美ではない。自然は非意志的なものであり、言い換えれば絶望的なものである、死はこの自然の律法に従うことを意味する、この絶望的な律法に従うときに美が見えてくるとすれば……。

しかしわたしはこの手記を、美に従うものとしてではなく、わたしの自由な(？)意志の詩として、書きのこしたい。

いまわたしは、自由な、ということばに不愉快さをしのんで疑問符をつけた、つけざるをえなかった。この手記の最後で果してわたしは自由ということばを自由につかえるようになるだろうか？

日がかげって来たので立ち上ると、近接して来つつあったキャタピラーの音が、わが家の門外のあたりではたと止まった。門に出て見ると、わが軍の戦車が一台、止まっている。故障を起したという。乗っていた兵たちは、戦車をおきっぱなしで、いずれかへ行ってしまった。申訳のないことだが、不吉なものを感じる。

不発弾か、時限爆弾がわが家の門前にころがっているような感じである。このことは、はじめて日軍の爆撃のあったとき、行政院の高官S氏の庭に不発弾が一発落下し、家族は全部避難させられ、その区劃全体が閉鎖されたときのことを思い出させた。あのとき、それが時限爆弾ではなくて単に不発弾であることがわかったとき、S氏一族だけを除き、近所の人々はすぐに復帰した。S氏一族は、そのまま漢口へ逃げてしまった。

その、S氏邸の、庭の大きな池には、水鳥が何羽も、誰にも妨げられることなく、ゆったりと遊んでいた。ベンチには黄葉がたまり、他のどんなところにもない、ひっそりとした秋の安らぎがそこにあった。それは筆につくしがたいほどに平和な、そして甘美な光景であった。あのときわたしがどんなにあの水鳥とベンチの上の黄葉を愛したことか、愛惜したことか！　われわれは、死の観念が濃化するにしたがい、それと正比例して自然に、季節に、かつてなく近づいていっているのである。そして奇怪なことに、生活の労苦からも、次第に解放されつつあるのである。死を目前にした人の眼には、生活のためあくせくと東に奔り西に走る人間の姿が、ひょっとすると遠い遠いところで演ぜられている、いささか滑稽で、かつは悲しみの色の滲んだ芝居と見えるかもしれない。

いや、悲しみをものり越えてしまった、非情な、そして静的《スタテイク》な絵画と見えるかもしれない。透明な、ガラス一枚を距てて見るような……。われわれは生活の労苦から、不思議な、しかも透明な大いなる休暇をとっているかの如くである。というのは、新たに加わった楊嬢をまじえ、四人で食事をしていても、それが何となくままごとをしているような、奇妙な遊びの感じがいつの間にか忍び込んで来ていることを知るからである。何もかにもが、明日知れぬ、その場限りのものと化しつつあるのである。如何なる恒常なものもなくなっているのだ。どんな時計も狂っているように思われる。

生活は砲声の近接とともに、その質を一変した。われわれは食事をしながら、ときどきいたずらっ子のような忍び笑いをかわす。この忍び笑いは、わたしに結婚前の、莫愁との逢いびきをさえ思い起させる。家のなかには、未婚者のような、情愛にみちた陰翳がたちこめている。城壁のすぐそばで、昼夜を問わず、未曽有の死闘がつづけられているのに、われわれは、幾分浮気っぽいとさえ云えるような気分を味わっているのだ……。砲声と地響きとは、恐怖とともに、少年のようなういういしい感情を蘇らせてくれた。異様なことだが、これは本当なのだ。食事がすめば、全員そろって召使のあとかたづけを手伝うのである。たがいに、いたわり合い、われわれは幸福でさえある。生活は刹那刹那の遊びに似、幻影と化して来ているのだ。

だが、この滅亡という、美しくかつ絶望的な光りに照らし出された幸福な状態は、反面われわれが陥っている病的な状態の証明でもあるのだ。極度の麻痺状態が訪れて来ているのだ。既に死者を見ても、負傷者を見ても、本当には心を動かさなくなっている。死者と生者の距離が、けじめが、そんなにはっきりしたものではなくなりつつあるのだ。すべての風景人事が、恐ろしく近接して来てその細部までが、極めて具体的によく見える。

　砲声のあい間に、飛行機の爆音。そして爆発音。ガラスが爆風でたわんだように思う。みなの顔が、屍のそれよりも醜く歪む、ひきつる。眼の縁と顳顬《こめかみ》と頬が、ぴりぴりと痙攣する。どんな物真似の上手な人でもこの真似だけは出来ないだろう。一発の爆発音のあとでは、それ以前に、何を話していたのか、その話題を思い出すことが誰にも出来ない。云おうとしていたことも、云いかけていたことも、絶対に思い出せない。おのおのの心に、ざっくりと切り込まれたような、不連続の空白の部分が出来《しゅったい》する。これが度重なれば、われわれの心及び人格は、ひょっとして真白に漂白され、ずたずたに切り裂かれたようになるかもしれない。不連続性を主要な要素とする人格。

　中華門及び光華門が突破されたとか、されそうだとか云う。中華門及び光華門を底辺として、わが家を頂点とした三角形を描けば、両辺ともに五キロに満たないであろう。中華門には、誓復国仇という大文字がしるされてあった筈だが、思い出してみても、いささかも心動かない。

もはや、外部の世界にはまったく頼ることが出来ないのだ、自分の内部から力を引き出す以外に、どのような手段もないのだ。しかしああ、内部とは、内部とはいったいなんだ！

莫愁ではなく、このおれの方が子供を生みたいくらいだ！

興奮しやすく、些細なことに涙ぐんだりする。


今日、はじめの方に書いた戦況は、衛生局につとめる伯父がやって来ておしえてくれた情報による。

伯父は一刻も家に落着いていることが出来ないのだ。憑かれた人のように、知人親戚の家を駈けめぐり、不吉な噂話をまき散らして歩くのだ。白いねばっこい唾液を口許にうかべて……。

ただしかし、この伯父について、今日、わたしはちょっといつもと違ったことを記しておかねばならない。彼は今日午前十時頃にわが家へ来たのだが、それ以前に、わたしは彼が人気《ひとけ》のない馬羣小学校の校庭に立って、ぼんやり国旗掲揚塔を見上げていたのを窓から認めたのだ。わたしは、あの国旗掲揚塔に関する限り、神経質にならざるをえない。彼は、国旗掲揚塔とわたしの家の地下室においてあるものとの関係を、ひょっとして、何かの機会に……、知ったのではなかろうか。もしそうだとしたら、わたしは彼を生かしておくことが、出来ない。わたしの家に地下室があるということを知っている者は、妻と洪媼だけなのだ。

いつかこの不幸な事態が、われわれの勝利に終り、わたしがこれを生き抜きえてこの日録を読みかえすことがあったとしたら、生かしておくことが出来ない、などとはっきり云いきっていることに驚くかもしれない。しかし、わたしの様々な迷いや逡巡とは別個に、これは決意決心などということではなくて、はっきりした既定の事実として、存在、しているのだ。不思議なほどに。それは、出来ない、のだ。

伯父は、恐らく日軍占領後は、日軍に仕えて働くことだろう……。これも、既定の事実のように、わたしにははっきり見えている。

(この、伯父に関する挿話は書かないつもりであった。但し、この日記が誰か別人の手に入って機密が洩れるという心配から書くべきではなかった、と思ったのではない。また、他人に対して、みだりに疑いをかけるのはよろしくないから、という道徳的判断に基くものでもない。わたしの云うのは、つまりそれが十二月十日という日に起った一つの挿話的なものにすぎないからだ。もしわたしがこの日記を、小説を書いているようなつもりで書いているとすれば、わたしはこの挿話を大いに利用するだろう。そこから発して虚構をさえかまえ、自分を描いてみようとするかもしれない。次々と様々な挿話を舞台につれて来て、それら書かれたものすべてに内在するようになるらしい時間の要素でもってつなぎとめ、わたしがかくかくの環境に於てしかじかの物を見、またかくかくのことをして生きた、或は死んでいったという、一つのイメージをつくり上げることが出来る筈だ。しかしわたしはそれをしない。戦争がまき散らす、風のなかの枯葉のように変幻自在な、そして何等永続性のない逸話や挿話という枯葉を――それがいかに生々《なまなま》しかろうとも――糸でいかに縫い込んでみても、形をなさない屑布を織りなすだけではないか。――）

この夜、電灯つかず。蠟燭及び石油ランプを用う。

十二月十一日

昨夜半、一時半頃、門の低い鉄扉を乱打する音がしたので、急いで懐中電灯を手にとび出した。

――はじまったぞ、あの音が開始の合図だ。

階段を駈け下りながらわたしはそう思っていた。

出てみると、通りには三十人ほどの守城の兵が、ある者は茫乎として立ちつくし、ある者は道傍にうずくまり、ある者は門前に遺棄された戦車に腰を下し、ある者は横になり、ある者は死にかかっていた。負傷者の哀痛の声は耳を悚《よだ》たしめた。

三十人、この兵のかたまりは既に、現在のこの不幸はわれわれにとって越えがたい運命のせいであるという表情を浮べていた。わたしが指揮官はどこにいるのか、と問うても、その逃亡を憤る声さえもなかった。敗戦、である。

聞けばこの三十人は、玄武湖前面に布陣を命ぜられていたのだが、二三日前から指揮官の姿が見えなくなり、やむなく他の部隊の隷下に入って戦って来たが、今夕揚子江北岸への撤退命令が出たので、市中を通過して撤退する途中にあるのであった。そして、行方不明の指揮官とは、たしか八日の早朝に、自動車貨物車に家財と妻子をのせて逃げ出してしまった、向いの家の若夫婦のことなのだ。彼は庭の小池の池ざらえをし、そこへ家財のうち残していかなければならぬものを甕につめて埋め、そして逃亡してしまったのだ。あの若い将校は、何と落着いてゆっくりと逃亡していったことか。

兵たちも、昨日あたりから彼の逃亡を察知していた。そして今、いないであろうことを予想しながらも、彼の私宅まで、とにかく来てみたのである。死にかかった者までが、かつがれて来ている。事実、ここで落命した者が二人もいた。わたしもまた、怒る気にもならない。云うべき言葉を知らないのだ。

一人の兵が、向いの家のコンクリートの塀にとりつき、何度も失敗したあげくこれを乗り越え、庭に入っていった。しばらくすると、ぼうと明るくなった。火をつけたのだ。

すると二三人の兵が急いで塀をのり越し、その火を消した。放火すれば、必ずやそれを目標に日軍の砲が撃ち込んで来るから、といって放火者を説得する声が聞えた。

「無用な犠牲を出してはいかんじゃないか」

という一言が、火が消えもとの暗黒にかえった塀の内側から聞え、わたしの耳にのこった。必要が激情を規制したのだ。その激情も、実は疲れきり、意気沮喪し果てていまにも野垂れ死しそうな、いわば残された最後の激情の一滴、とも云うべき程度のもので、ひょっとすると、彼等はこの放火行為によって元気と激情そのものを恢復しえたかもしれないのだが。あの放火者もまた、あるいはわたし同様に、指揮官の逃亡を確認して云うべき言葉を知らなかったのかもしれぬ、だから放火したのかもしれぬ。

朝、通りには軍服や軍帽がいくつも遺棄してあった。

この遺棄行為が意味するものは、単に敵前逃亡だけではなく、別の衣服を必要とするということだ。通り一遍な道徳的見地からすれば、この包囲された城市の住民は、一致団結して苦難にあたらねばならぬというくらいのところでおしまいになるのだが、それは恐らく人間に超人か聖人になれと要求することを意味する。昨日わたしは、われわれが浮気っぽく幸福でさえあると云ったが、それは、市民のなかに好き勝手なことをしてもいいという、いわば浮薄さ、ある種の軽佻さにも近い気分が生じていることをもあかしするだろう。危機は商業的にも利用することが出来るのだから。衣服を遺棄した兵は、別のものを買うか奪うかしなければならぬ。寒気は厳しいのだ。棄てられた軍服は、城市防衛という崇高な行為と闇商売や盗賊行為が同居しうることを示している。

敵軍は昼夜を措かずに市東南の中山門光華門中華門に砲火を集中している。

城壁は厚さ五メートルから十五メートルほどもあるのであるから、どんな大砲でもこれを貫通し、つき崩すことは容易ではなかろう。だから、土嚢で補強した城門の鉄扉を狙っているのだ。そして今朝からは、あの紫金山に放列した大砲が、一斉に市中を狙ってほとんど無差別砲撃をつづけている。

いまのところ敵兵が未だ到着せず、開かれているのは、揚子江北岸の浦口に相対する興中門だけのようである。もしこれが敵兵の扼するところとなったら……。

家にこもって外出せず。

街路に人影を見ず。

午前十一時、たまたま通りかかった一隊の兵士に聞くと、興中門及び下関《シアカン》の停車場に通じる挹江門は、ひらいているにはいるが、日軍の飛行機が執拗に襲いかかり、肆《ほしいま》まに屠戮を行い場所によっては流血は踝《くるぶし》を没するという。また渡江中に舟をやられて溺死するもの数知れずという。だから戻って来たのだ、と。何百人という人が死んでいる。

何百人という人が死んでいる――しかし何という無意味な言葉だろう。数は観念を消してしまうのかもしれない。この事実を、黒い眼差しで見てはならない。また、これほどの人間の死を必要とし不可避的な手段となしうべき目的が存在しうると考えてはならぬ。死んだのは、そしてこれからまだまだ死ぬのは、何万人ではない、一人一人が死んだのだ。一人一人の死が、何万にのぼったのだ。何万と一人一人。この二つの数え方のあいだには、戦争と平和ほどの差異が、新聞記事と文学ほどの差がある……。

窓から見るに、民間の炊煙は断絶し、煙を出しているものは、外国の公館に限る。

午前十一時、落城の近きを漢口に報告。

一九三八年五月十日夜半

半年経った。

わたしはわたしの家へ還った。

が、いまわたしはわたしの家の主人ではない。

わたしは、わたしの家を占拠している日軍将校の、下僕兼門番兼料理人である。

そしていま、たった一人で無電機の前に坐っている。

敵は、階段下の掃除具置場が地下室への入口になっていることに、さいわいに、そしてわたしに云わせれば当然、気付かなかった。

夜半、たった一人。

わたしは、たった一人なのだ。

妻の莫愁も、その腹から生るべくして生れなかった(?)——これもわからない——子供も、英武も、楊嬢も、洪媼も、誰もいない。恐らく、みな、この日記の途絶えたところに書いてある、何万人の、一人になってしまったのだろう。

そして、このわたしは、殺されて、人間ではなくなった、自然にかえった一人一人のかさなった何万人よりも、もっと人間ではないものになった自分を、いまここ、地下室に運び込んでいる……。

何万人、何十万人の不幸には、堪える方法がない、だから結局は堪えることが出来るということになる。小さな不幸には堪えることが出来ず、大きな不幸には堪える法がない。人間は幸福か。

あれはたしか、去年、三七年の十二月十三日の午後だった。城の内外ともに集団的戦闘が終止したのは。

それから約三週間にわたる、殺、掠、姦——。

そうだ。矢張りあの三十人の、指揮官を失った兵たちがやって来たときにわたしが感じた、一種の予感のようなもの、あの予感が、前徴が実現したのだ。

十二月の十二日早朝、伯父が親切にもまたまた訪ねて来てくれ、曰く、ドイツ人、デンマーク人、アメリカ人などが紅卍会と協力して国際安全地帯委員会なるものを結成した。どこにも安全地帯のなくなった城市に安全地帯をつくろうという試みだ。自分は衛生局から派遣されて、そこの家屋委員会の一員になった、委員会は、安全地帯、或は難民区とも称ばれる地区を設定し、そこに難民や武装を解いた兵を収容している、自分は委員長のドイツ人ヨーハン・ラーベ氏を知っている、ラーベ氏はドイツのジーメンス商会の南京代表である、また委員の一人であるアメリカ人で、金陵大学の歴史学の先生マイナー・ベーツ博士も知っている。云々の話。

「この委員会に入ったらどうかね？」

と伯父は、例によって白くねばっこい唾液を口のはたに浮べながらすすめるのである。

「この委員会は、御覧のように外人が主で中立的性格のものだから、後で面倒なことを起す筈もないし、とにかくこんな時期には、何かの、誰にでも自分を証明出来るような役についていないと、日軍は誰彼の区別なしに何をするかわかったものではない。それに委員会に入っていれば、安く食糧が手に入るし、とにかく安全だから」

と云う。

「考えておきましょう」

とわたしは答えた。わたしは若い娘である楊嬢のことを考えていたのだ。「おれは大抵はアメリカ大使館のすぐ隣りにある金陵大学の事務室にいるから、考えがきまったらすぐ来てくれ」

と云いのこして伯父は去った。金陵大学と司法部その他二十五個所に安全地帯が設けられ、二十万か三十万ほどにのぼる難民を収容していたのだ。

わたしは楊嬢にこのことを伝えた。彼女は、しかし、喜んでうけるかと思ったが、言下に拒絶した。

「莫愁さんのお産がはじまったら、一人でもたくさん女手があった方がいいでしょう」

と云うのである。

十二日の午後、わたしは地下室を整頓し、重い蓄電池をも壁際に片づけ、無電機を見えないようにして、食糧その他ももち込み、市街戦が長期にわたる場合の準備をした。莫愁がここでお産が出来るよう、その準備もした。彼女は、金陵大学の病院へ入るようにというわたしのすすめを断った。一市民が病気でもないのに入院したりして負傷者のための席を塞いではならないと云うのである。後日わかったことだが、病院の医師二十名、看護婦五十名は十二月一日に南京を去り、残ったのは、米人の医師ウィルスンさんともう一人、看護婦がたった五人だったのだ。

しかし、この地下室は必要ではなかった。

驚いたことに、またいくらか失望もしたのだが、組織的な市街戦は、全然行われなかった。

十二日夜半、中華門が突破され、日軍が城内に殺到し、十三日午前三時に中山門が突破されてからというものは、市内では如何なる組織的抵抗もなされなかったのだ。城内にいた兵で、指揮官を失い、或は撤退しそこなったものは、武器を地に置き、難民区に入ってしまったのだ。

十二日の午後、不思議なことに銃声一つ聞えず、また人間の日常の営みが発する物音も一つも聞えぬ、真空のような時間がしばらく続いた。空は真青、悲しいほどに澄んでいた。初冬の大気は、見た眼には純粋無垢だが、屍臭や火煙や塵芥の複合した異臭が空気中にほのかに漂っていた。

外へ出て穴を掘り、門前の死屍二体を埋めた。日のあたらぬところでは、霜華は二寸に達した。寒気は相当きびしいのである。

埋め了ってしばらくぼんやり空を仰いでいるうちに、わたしは何かに誘われるように歩き出した。異常な静かさがわたしを吸い寄せたとでも云うか。望み見る通りには、人気がない。誰一人歩いても、立ってもいない。みなどこへ行ったのか。市民はみな逃げ出したか、難民区へ入ってしまったのだろうか。このところ数時間のうちに、恐らく何万人という人々がこの城市を退去していったのだ。街々は血を失った身体のようにしぼんでいった。

麦畑を横断し、馬羣小学校の裏を抜け、中山路を望見しうる丘の上にのぼった。幅員八メートルの中山路にも人影がない。人気ない道路に点々と黒い屍。しかし、被害は意外に多い。方々に砲撃のため、一部を、或は全体を破壊された家屋を見る。電線がだらりと下り、破れた壁や、天に両手をさし上げた恰好の柱木などはあたりのあまりな静けさにおどろき、いつの間にか自らが幽霊のようなものと化しているのにおどろいているていであった。あらゆるものが、たとえば茶館やレストランは、それまで自らが茶館でありレストランであったのだという確信をとり戻そうとして、或はその確信を維持しようとして、静かな時間のなかで身悶えしているように思われた。それまでの現実は、いま幻影と化し去ろうとしている。度のあいすぎる望遠鏡で眺めているようだった。音楽が鳴っている、ようだった。

破壊され倒壊した小さな廟の庭に、妙な、黒いものが見えた。巨大な蟻の頭を切って置いたように、まるく黒いものから、腕のような、ひげのようなものが二本生えている。

よく見ると、鼎《かなえ》が一基、在るのだ。

廟の建物は、全壊。まったき形のものは一つもない、忠孝仁愛と記された門柱が一本だけ、立っている。あとは焼け焦げた木材と瓦礫のみ。

一点の凝縮した黒い鼎がわたしの眼を吸い寄せた。

静止した時間のなかで、音のない真空のなかで、その鼎の存在する一点から、かげろうのようなものが天に立ち昇っている。鼎の沸くが如く、そこにだけ何かが煮えたぎり、燃え上っている。低い六角の台石の上に、三本の足でいかめしく、そして自然に立っている。立体物が静止して立っているために必要な最少限、三本の太い足。鼎は、古人が宇宙を模してつくったものという。この宇宙を熱するためには獣炭を用いたという。三本の太い足の傍に、二つの屍がころがっている。

二つの屍を炭として宇宙が熱せられている。かげろうのように人の血と膏が湯気となって天に立ち昇ってゆく。あたかもこの瞬間の、世界に於ける南京を象徴するかの如くに。

異様な幻想に襲われそうになった瞬間、眼から薄い幕が、さささと音たてて落ちたような気がした。

われわれは、歴史上のあらゆる事件がそうであるように、いまこの南京という鼎が立ち昇らせている湯気の意味を徹底的に知ることは出来ないであろう。しかし、われわれは意志すれば、その意味を知るための質問者として、対話者の一方であることは出来るのである。英武が拾いあげたもみじの葉とS氏邸の水鳥やベンチの上の黄葉を想い出す。美を認知するだけでは、足りぬ。

紫金山の中腹で煙が上っている。清涼山の中腹では、これははっきり火が見える。枯葉が燃え拡がっているのだ、恐ろしい速度で火は拡がってゆく。

人気ない中山路に、赤丸の旗をたてた戦車を先頭に、点々と隊伍疎な敵軍。肌の上を毛虫がはうような感覚。敵兵は城に入った。

無人の道路――それは道路ではない――に登場する兇悪な一隊の劇団の如きもの。指揮官は、座頭であり同時に大俳優である。この劇で、最もよく働くのは、舞台に出っきりの下端役者である。異国に侵入して来ている勝者の軍隊には、俳優意識が必ずある筈である。この軍隊に抵抗するためには、英雄意識は絶対禁物である。同じ舞台の、単なる敵役などになってはならぬ。

やがて、銃声。砲声はもう聞かれない。

それから別な方向でも、長く続く銃声。

家へ帰る途上、笙《しょう》か篁《こう》かのような声の鳥鳴を聞く。屍を食う鳥か。

後日知ったことだが、あのときの長く続いた銃声は、城外でつかまった同胞四万のうち、約一万人を機銃で殺したときのそれだったらしい。あとの三万人もまた……。

彼等は俘虜を揚子江岸の下関に集中し、機銃で片づけたのだ。千人くらいを一組にして射ち、あとの一組に屍体を揚子江へ捨てる労働をさせ、労働了って後に射ち殺すという方法をとったとのことだ。その労働がどんなものであるかということをいまわたしは知っている。しかし、そのことは後で書こう。

あのとき、あの鼎を見たことは、幸運だったのだ。あの夜にはじまる殺、掠、姦の、鬼蜮《きよく》が訪れたかの如き日夜を通じて、実に屢々わたしは重々しく大地に坐したあの鉄のかたまりを思い出し、われと自らを励ました。あの場でも、もみじの枯葉やS氏邸の水鳥や黄葉を眺めたときと同様に、ある種の極端な緊張状態に於て現前する審美的状況のなかに浸ることも出来ないではなかったのだ。いや、半分以上は、眼の下まではとっぷりと浸っていたかもしれないが、ありがたいことに、あのときの対象は流転する自然物ではなくて、あくまで人工になるものだったのだ。瓦礫の只中に三本足で、揺ぎなく力に満ちて存在し、あらゆるエネルギーを一点に凝縮して沸々と湧き立たせているもの。それが人工になるものであるからには、あの鼎のなかには、それが創造されて以来、創造者自身の歓喜も遺恨も、悉くが鋳込まれている。時間を横にも縦にも腹中に収め、両の腕を差し上げていた、どこかに、獰猛な獣のような柔軟さをもうかがわせながら……。

人工になる物はすべてはかないという妄念は葬らるべきだ。黒い鼎一箇は、紫金山と優に相対しうる。

今日、わが家を占拠している日軍中尉――桐野という、一人でいるときは大人しい人だ――の命により酒を買いに通りへ出たついでにあの丘に上り、あの寺廟のありかをさがしたが、ついに見当らなかった。それらしいと思われる場所へ歩を運んでみたが、廃墟には日軍用の淫女屋が新築されていた。

先に戦争の語法、小説の語法で語ってはならぬということをわたしは云っているが、それはそれでいいが、いまは鼎の語法で語れ、という。巨大な鼎のように三本足で（二本足では足りないのだ）黒く重く構えているものをでもたてにとらないと、これから後のことは到底筆にも口にも出来ないのだ、出来ることではないかもしれぬ、が、それを無理にもすることは、わたしを慰めよう。――ふと、鼎が無電をうつ、と考えたら、はじめて笑い出したくなった。

アスファルトのように凝り固まった憎悪を溶かすものは、笑いだけだ。

十三日夜八時頃、諜者の一人Kが来て、南京に入城した敵軍の最高司令官は、松井石根と朝香宮なる皇族との二人である、本拠を国民政府大楼に置くらしい、と報告し来る。司令官が二人あるのは奇怪であるが、そのまま無電報告。また敵軍は、部隊名を記した貼札などには、中国文字を用いず、あの曲りくねった日本特有の音標文字のみを使用する由。いまのところ、中国文字を用いたため知りえたのは、南門外に駐屯する白倉部隊と称するもののみで、他に中国文字によるものは集団司令部というものを知りえたのみ。白倉部隊というは、衛生隊らしく、その掲示には、南京城内外集団……占領地……撤毒又……投毒形跡……といった中国文字が見られたという。恐らくこれは投毒の形跡なしという意であったろう。

この諜者Kが夜のなかに消え、漢口への報告をうち了えて、莫愁、英武、楊嬢の潜匿している二階の部屋にいたったそのときであった。

入口のドアーを叩く音がした。何か大きな鈍器様のもので叩いているらしく、中間を鍵でとめられたドアーの上下が二三度うちかえす音を伴っていた。

わたしは莫愁及び英武と楊に一瞥をしてからいそいで部屋を出た。手にした懐中電灯の光りに照し出された階段を駈け下りるあいだに、不意にわたしはフランスの賢人モンテーニュの毅然とした頁を思い出した。もちろんほんの一瞬間、閃光のように頭をうっていったにすぎぬが、平和をつくり出すために、自分以外の誰からも、何物も期待しなかった、徹底的なあの賢人は(モンテーニュは、ときとして中国人だったのではないか、と思われることがある)劫掠の市街に住して自家の扉を開け放していたのだ。「防禦は企図を喚び起す。警戒は攻撃を。わたしは兵士らの掠奪からの危険と、彼等に資格と弁解として役に立つのを常とした軍事的名誉のための、あらゆる材料を取り除いて、兵士らの意図を挫く。正義が死滅した時において、勇気をもって行われたものはすべて気高く行われたのである。わたしは彼等に対して、わたしの家の征服を卑怯で裏切り的なものとする。わたしの家は、そこへ突き進む誰に対しても閉ざされない。云々」フランスの智慧はときとして中国の智慧と酷似する、特にその極端さに於て。

わたしがドアーに達する以前に、銃剣でドアー脇のガラス窓が破られ、一人の日本兵がわたしに代ってドアーをあけてくれた。

わたしは謬《いつわ》って恭敬を為し、深く頭を下げた。日本兵十人、それに長刀を手にした下士らしき引率者一名。引率者が何か呶鳴ったが、もとよりわたしにはわからぬ。わたしは英語で、この家に住むは平和なる市民にしていささかも害意なし、乞う、引きとられよ、と云う。日本人は、中国語よりも英語を解するものが絶対的に多いと聞く。

突然階上でピアノの音が聞え出した。拍子の遅い、夜曲の如きものを奏ではじめた。誰だろう、楊嬢か？

下士はつと眼を階段にやり、やがて兵たちに捜索せよとの命を下し、右手でわたしの肩をつかんだ。そして異なことに、わたしの額と掌に懐中電灯の光りをあてて綿密に調べた。それが終ってから、彼はわたしをドアーの外へつれ出し、闇に沈んだ門外を指差して、タンクタンク、という。

——タンク？

ああそうだったか、とわたしはいささか安堵する。門外の故障のため擱坐した戦車の、その搭乗員をさがしているのだ。彼等は中国語を解さず、わたしは日本語を解しない。だから、仕方がない、ととのった中国語で搭乗員は数日前既に戦車を遺棄して去った旨を告げればそれでいいのだが、わたしの言葉は上海人のピジョンイングリッシュの如くにもつれる。下士、漸く納得。けれどもわたしの肩をつかんだ手ははずさない。もし家内の誰かが抵抗したら、即座にわたしは斬られていただろう。

寂然とした門外で、銃声と叫び声。人を殺す声、闇に透徹。

突然ピアノの音が止み、一声高く楊の哭声が金属を斫断するが如くに後頭にひびく。耳にではなく、いまでも脳底にこびりついている。暗い脳の底で、そこだけ血紅色に光っている。

五分ほどして兵は再びドアーのところに集まり、下士にそれぞれ報告して去る。兵が門外に出たのをたしかめてから、下士ははじめて肩をつかんでいた手をはなし、低声で何か云ってから石段を下りていった。失礼した、とでも云ったものと思う。

莫愁たちのいる部屋へとってかえす以前に、わたしはドアーをしめた。あけておくことが出来なかったからだ。ドアーをしめると、毛穴から汗が吹き出した。

降伏。もしこれがむかしのことならば、そして彼の兵等が日本兵ではないならば、案を設け香を焚き、敢て抗せざるの意を表示するところだろうに。降伏さえもが様式化され、一般人にとっては一つの儀式であったような時代が、かつてあった。

捜索を了えた兵が再び集合したとき、わたしは手首に激痛を覚えた。階段を上りながらさぐってみると、血が流れている。そして腕時計がない。ナイフで時計のバンドを切り裂かれたのだ。

楊嬢は莫愁の寝台の傍に、茫然として坐っていた。顳顬《こめかみ》と眼の縁に、一層深く絶望と恐怖の、ほとんど谷あいと云いたいほどの暗い影が宿り、ぴりぴり慄えている。いまや、人間も日常も生活も、つまりは人間の約束事はすべて壊れ去り剝ぎとられ、われわれは共通の約束の一つもない生活をしなければならなくなったのだ。されば約束をつくり出さねばならぬ。絶望と恐怖。しかしそれが何だというのだ。

先にわたしはドアーのところで謬《いつわ》って恭敬の意を表した。觴《さかずき》をさし出し、酬好洽《あま》ねきをうることだって出来ないことではない。が、わたしはしなかった。

絶望的なこの状態を超えようとせず、身を委ねれば、そしてそこへ精神を閉じこめておけば、わたしは幸福にさえなれるだろう。奴隷の幸福。まもなくわたしは、ブツブツとあたりさわりのない諺などを呟く、哲学者にさえなるだろう。

下関《シアカン》の波止場に働く苦力たちのなかに、幾度かわたしは古の哲人、孔孟はもちろん、プラトオやソクラテスのような顔さえ見出したことがある。上海の白露人の浮浪者のなかには『どん底』に出て来るルカのような老人もいくらでもいる。かつてボンベイにいた頃、顔だけ見ていると、どの印度人もみな古代印度の大哲学者であるかのように思えて仕方のなかった時期があった。

それが何だというのだ。

危険の中でだって綿密になることは出来る筈だ。恐怖などしている暇はない。問題はつねに実施の方法だ。状況の罠にかかってはならぬ。

手首に繃帯をしながら、

「さあ、仕事だ」

とわたしは呟いた。

「………？」

楊嬢が、何？　という面持ちでわたしを見た。英武はさいわいにして莫愁の横の寝台で眠りつづけていた。何も知らなかったのだ。楊の眼と顳顬《こめかみ》からは、あのこびりついていたものが薄れ、いまにも剝がれて落ちそうになっていた。ちぢこまっていた若い生命が、うちかったのだ。もういちど云う、笑いだけが恐怖を解く。

「楊、金庫をさげて来てくれ、そこの洋服ダンスの中にある」

日本兵が楊か莫愁かのどちらかに、何をしたか、しようとしたか、わたしは知らぬ、聞かなかったのだ。

わたしは手提金庫をあけ、金を莫愁、楊、わたし、と三人に頒け、適当な額を金庫のなかに残しておいた。楊は、金庫をとり出すついでに綿入りのズボンを二枚とり出し、手早く旗袍《チーパオ》をぬいでズボンをはき、もう一つを莫愁にわたし、莫愁の着更えを手伝った。すべては無言のうちに行われた。二人とも金の腕輪をとり出し、上膊部にはめる。わたしはまたもう一つの腕時計をはめた。

召使の洪嫗は、夕方から姿が見えない。逃げたのかもしれない。異様なことだが、日本兵が額と掌を調べたことを思い出し、廊下に出て顔と手を洗おうと思ったが、水が出なかった。水道がとまったのである。伝染病が蔓延するだろう。伝染病を防止するために軍隊が用いる方法の一つに、放火がある。部屋にかえって薬箱をもち出し、クレオソートと血止め薬を二人に頒けた。

窓から見ると、向いの空家にいまの一隊が宿営したらしく、屋内で火をたいているのが見える。馬羣小学校のあたりから馬のいななきが聞えて来る。

眠っている英武を起し、金の鎖に指環類を結んだのを首からかけ、着更えをさせる。短く、今後どのようなことになるか一切わからぬ、あるかぎりの智慧をつくして生きよう、そして万事窮ったならば復た人世に生きることを想うのを休《や》めよう、楊は必要とあらば何時にてもわれわれとは別行動をとってかまわないと話し、そろって部屋を出た。莫愁が歩行困難なので、階段を下りるとき、わたしと楊とで右左を支えてやった。

階段の下までゆきつかぬうちに、先に破られたガラス窓のあたりから、異様な臭いが漂って来るのを感じた。糞便の臭いである。

パッと照らし出された。

(強姦。奴等の面前で地下室へ入るわけにはゆかぬ)

「(こらあッ、逃げるかあッ)」

二人の兵のうち、一人は立ち上り、一人はしゃがんでいる。二人とも下半身ははだかである。忍び込み、窓のところでおもむろに糞をし、それから……。銃をもっていない、武器は短剣だけだ。

矢張り、思った通り、戻って来たのだ。今度は別の目的で。咄嗟に莫愁、英武、楊の三人をつきとばすようにして階段脇の召使部屋に入れ、わたしは扉の前に立った。

ズボンをつりあげる。

もう一人はまだしゃがんだままである。

立った方が何か云う。早くしろ、とでも云ったのであろう。一人だけでは一歩も進みえないようである。

わたしは後手でそっとノッブをまわし、召使部屋に入り、すぐに外へ出て家の側壁に積み上げられた四カ月分の薪の山のあいだに入り、三人のなかに加わる。

鋭利な鎌のような月。

屋内から、鋲のついた靴で歩きまわる音。まもなく静寂。目的は、物盗りだったのか。しかしその前に果さねばならぬもう一つの慾望がある筈だが。

やがて遠くで銃声。それから哀痛の声。

哀痛の声は次第に多く、しかも次第にこの方向に近づいて来る。

裏木戸をあけて出て見る。溝に沿って通りをうかがうに、向いの空家では酒宴をはじめたようだった。右方百メートルほどのところにある十字路を、二人、三人と魚貫《じゅずつなぎ》にされた男が銃剣で追われてゆくのが見える、男たちのまわりに、泣き叫ぶ女が二人、三人。哀痛の声たちまち高く、しかも急激に寂まるのは、まつわりつく女たちを、うるさく思って斬り殺すからだろうか。男たちは、馬羣小学校にあつめられているらしい。門のところで大声をあげるものがいる、なかに入った二人を呼んでいるらしい。やがて二人は出ていった。

薪と壁のあいだにかくれ留まって何を待つか。再び家に入って休む。気がつくと四人とも床に坐っていた。何故椅子にかけるなり、寝台にねるなりしないのか。いったいいつのまにわれわれの心は、これらの親しい家具類のあいだから漂い出して、〔兵隊同様に〕、どこにでも定住しそうな放浪の旅に出てしまったのか。われわれもまた、もうすぐ絨毯の上に糞をして怪しまぬようになるのだろうか。日軍の星の徽章が、「獣の徽章」と見えたが、われわれもまた、「汝もまた」になるのか……。われわれ四人は耳聾し気が遠くなったかのように膝を抱いて床に坐り込んでいる。あらゆる空想が恐怖の形をとる。恐怖は海洋の波のように変化してやまず、われわれの心自体をその海洋へ誘い出す。まずこの気遠くなるような緊張を解かねばならぬ。われわれは彼等のように撃ったり斬ったりするために生きているのではない。

「さあ、寝ようか……但し、服のままでね」

誰も眠れないかもしれぬ、しかしそれでもいい。

わたしはしきりにどうやったら妻子と楊とを金陵大学内の安全地帯に送り込むことが出来るかを考える。

莫愁が低い声で、

「向いの空家が日本兵の宿となったからには、いずれこの家も接収されるのではないでしょうか」

という。

言外に、もしそうだったら、そのときの交渉の途次、なにが起るかわからぬ、落々たるわたしたち四人、悍卒《かんそつ》に出会ったらそれでおしまいです。金陵大学の安全地帯にゆけば、いくら日本軍でも国際委員会の決定は守るだろうから――との意を含めている。それはわたしの考えていることでもあった。要するに人の大勢いるところにたちまじれば、難を避けるのも易く、万一のことがあっても、相聚《あいあつ》まれば恨みなき也、とすることも出来ようというものである……。生を救うの良策をうみ出さねばならぬこの時、想像力の大部分を恐怖のために侵されているので、こんな場合には空想や推理などではなく、実行だけが生を救いうるのだという単純なことになかなか気がつかない。

「うむ。……うむ」

向いの家では焚火をして兵隊たちが騒いでいたが、午前三時すぎそれもしずまった。

再び莫愁が、

「あのね」と云いかけた途端に、甲高い爆音がしてガラスの割れる音、爆風……。

向いの家が襲われたのか。が、わたしは、泥酔した日本兵の手榴弾が爆発したのだと思う。まして彼等は屋内で火を焚いていた。

盲滅法に発砲。

ピイ、イイィッ――。

二発、三発、四発。天井から壁土が落ちて来た。飛び起きて階下へ下り、再び召使部屋にかくれた。このとき地下室へ下りればよかったのかもしれぬが、先のときの行動に無意識にひきずられたものであろう。しかし、地下室へかくれてよかったかどうか、それはわからない。あのまま二階に落着いていた方がよかったか、それもわからない。

わからない

わからない

モンテーニュの云った「わたしは何を知っているか」という言葉。あれは、わたしは人間を超えたもの、超越的ななにものかについて何を知っているか、という意味ではなかろうか。

わからない……

わからない……

ここに宿命論へ傾くための岐路があるらしい。そして奇怪なのは、これを宿命と観ずることの方が、亡くなったあのなつかしい血肉を慰める所以である、という風に思われることだ。

ガラスの割れる音。そして靴音。

われわれは、英武を真中に三人肩を抱いて血肉からなる蕾のようにまるく床にうずくまった。

やがてノッブのまわる音。扉がひらく。

「(立て!)」

「(こん畜生!)」

括弧内の言葉はもとより当時はわからなかった。けれども、あの後一カ月の苦難と四カ月にわたる荷担人夫として使われたそのあいだに、いくらかわたしは日本語を解するようになった。彼等が最も頻繁に使う言葉は、バカ、と、コン畜生の二つである。

われわれが非武装の市民であることを知った兵は、敏速に殴打、足蹴をはじめた。わたしは莫愁、楊、英武の三人を壁の隅《すみ》に押し込み、その前にたちはだかった。忽ち、四人とも散髪露肉。よく殺さなかった。既に手榴弾を投げ込んだ(?)者がわれわれでないことは見当がついていたのであろうと思う。

やがて懐中電灯と長い針金をもった兵があらわれ、四人とも貫珠の如くに後手に縛られ、繋がれてしまう。針金が食い入る。家を出たときはじめて、英武がひいと一声泣いたが、どうしたことか後をつづけない、莫愁が英武の哭声をうけて哀懇をはじめた。が、返答は、ドアーのところに置いてあったわたし自身の洋杖《ケーン》がした。日本兵は、彼等相互の間においてもそうだが、どうしてああも頭部及び特に顔を殴ることが好きなのか。軍夫生活四カ月のわたしの経験によれば、日本兵の粗暴な所以は、彼等が兵としての正当な名誉心や持ち前の勇気を正当に評価されず、二六時中組織的に侮辱されているところから来るように思われる。しかし、これは単に日本軍だけのことではない、将校が持つ巧緻を極めた兵卒侮辱術は、軍事技術のなかでも最も基本的なものである。

唾液が急に出なくなり、舌が硬ばったように思われた。向いの家の、かつて小池のあったあとへ土下座させられた。

針金の両端は塀の支え棒と、棗《なつめ》の樹にくくられてぴんとはり、兵が代り代りにやって来て、戯れに手で殴り、軍靴で蹴りつけても、かばってやることも出来ない。はげましの言葉をかけるのみ。そのときは、ここでわれわれ四人は乱斫《らんしゃく》され、命絶えるのであろうと覚悟した。

明くる朝、馬羣小学校へつれてゆかれてわたしの知ったことは、次のようなことだ。無慈悲になり、非情になるためには、なにも意志などを必要としないということである。冷酷、非情などは、なるほど熱い愛情や愛惜の念々と表裏一体のものかもしれぬが、いまわたしは言葉をもてあそんでいるのではない、要するに冷酷になり、非情になるためには、大勢の人々のあいだにはさまり、前にいる奴を押し後から来る奴に押されているだけで充分なのだ。親子血肉の情といえども、最後のものではない。事は呆気にとられるほど簡単である。人を冷酷にする最大の要因は、焦躁という磨臼だった……。

馬羣小学校につくと、日兵はちょうど例の国旗掲揚塔に赤丸の旗をあげているところであった。いささか皮肉な感じであった。けれども、校内に入れられ、二百五十人ほどの男女児童のなかにたちまじると、もはや皮肉どころではない。学校の後庭には、屍が積み上げられ、塵芥が燃えているときに匂う、あの臭気が惨として鼻をついた。積屍の一番手前の方に、ほとんど丸裸のそれがあった。この屍は、胴体にはまったく傷がなく、手足も完全で、肩だけが苦悶に曲げられている。ところで、この屍には首がなかった。両肩のあいだに、血まみれの黒い台のようなものがついているのみ。彫刻のトルソオをもう二度とわたしは見たくない。

積屍の方を指さし、

「あれはいったいどうしたことなのだ？」

と訊ねた。

五十ほどの商人らしい人が、

「今朝四時頃から、順番にやられた。兵隊だった連中だから殺すというらしい。が、どうだかわかったものではない、現に、近所の息子が一人、兵隊でも何でもないのに、毎日麺粉をこねるのに麺棒を扱うから、指にたこが出来ている。そのたこを鉄砲の訓練をうけた際に出来たのだと云われ、銃剣で刺し殺された。便衣にかえた者もいるかもしれぬが、武器を捨て兵服をぬいだ者は、兵隊ではない筈だ。鬼子たちの理窟はわからぬ」

これでわたしは、昨夜鬼子たちがわたしの額と掌を仔細に調べたことのわけが、わかった。額に軍帽による筋が刻み込まれているかどうかを調べたのだ。もう一生帽子などかぶるまい。

わたしは「洗城」という、古くもないがしかし新しくはない言葉を思い出した。彼等は洗城を開始したのだ。わが伯父の予想乃至期待は満たされた。

——いまわたしは鬼子《クイズ》という言葉をつかった。が、もう使うまい、どんなに使いたくなっても、たとえこれを使いでもしなければ到底気のすまぬときでも、使うまい。この逆立ちした擬人法は、長い時間のあいだには、必ずや人々の判断を誤り、眼を曇らせるであろう。彼等は鬼ではない、人間である。

さて、この日は一時間に十人くらいずつ男女がつれこまれて集中された。十五六歳から四十歳くらいまでの屈強な男は、よりわけられて国旗掲揚塔のある広い運動場に立たせられ、そこで兵であったかなかったかを、例によって額と掌の検証によって調べられる。服装のどこかに軍の制服の一片でもとどめているものは、既に検証も検問も無用である。ただちに(今日からは後庭ではなく)裏門の外へつれ出された。門外に、幅二米ほどのクリークがあるのである。その河畔で、刺殺される。屍はごろごろ転がって水に墜ちる。

はじめのあいだは、学堂の内に満ちた老幼男女、百口交々《こもごも》に哭いて哀鳴聞くに耐えなかった。ときには何人も一度に殺すらしく、愴呼乱起して思わず眼を瞑り耳に手をやりたくなった。また、一撃で死ななかった場合の様子も手にとるように耳で見ることが出来た。一刀、饒命の叫び、二刀、叫び声はようやく微に、三刀、寂然として声なし。このあいだに、われわれのあいだで、子供が二人落命した。原因はわからぬ、気死した、とでも云うのだろう。この日殺されたものは三百名に達したろう。

午後になって殺戮が一応終了した。兵は銃剣でわれわれを駆り出し、後庭の、昨日の積屍を運ばさせた。二人で頭部と足を支《ささ》えて、クリークまで運び、水中に投げ入れるのである。川は初冬のこととて水尠く、流れはゆるく、たちまち屍骸でいっぱいになってしまった。屍骸のことは、あまり云うまい。ただ、胸や腹を刺された屍のうち、積みかさねられたのではなく、刺殺の現場にそのまま転がされていたのは、大部分、両の手で傷口をしっかりとおさえていたことを記しておこう。そしてそれら屍の顔は、痛苦痛恨というよりも、むしろ身を傷つけた(実は傷つけられたのだが)ことを悔いているような印象をわたしに与えたことを記しておく。いそぎんちゃくのような内臓、沼のような悪臭、腐った馬鈴薯の鋭い臭い、何度もの嘔吐。旬日を出ずしてこの城市は伝染病の地獄となるであろう。そして病菌は敵味方の見分けをつけぬであろう。

自然は敵にも味方にも、要するに人間に対して、何の約束もしていないのだ。人間は、或る約束、例えば敵とか味方とか……、に基いて人間を殺戮劫掠する。

屍運び――大抵は既に硬直しているから、しまいには、上皮が破れて詰物のはみ出した家具か何かのように思われて来る……。

そして、いつか自然に、仕事自体を早く片づけたいという慾望が湧いて来る。労働。この慾望は正しいか。これは仕事であるか。

平素ならば、わたしはそれは正しく健康な慾望である、と云う。焼き場の労働者に対しても、もちろんである。

しかし、平素とは何か。

いまは平素ではないか。

平素とは何か。

いまとは。

わからない、

わたしにはわからない。

この仕事のあいだに、わたしは先に云った人間の約束の一つを破った。

ある屍。皮膚は魚の腹のように青白く、口にいっぱい金歯をはめた、富裕な将校のそれらしかった。銃剣で左肩の下から肩胛骨を刺しぬかれている。傷は心臓をはずれたらしく、まだ生きていた。眼は閉じていたが、気息が通っていることは、咽喉を一見すれば瞭然。わたしが靴のない足をもち上げたとき、男が眠そうな眼をひらいた。そして凝っとわたしの眼を、見た。わたしは、ぎょっとして片足をとり落した。男は苦痛に頬の肉をひきつらせた。門を通るときのことであった。再び片足をとり落し、つまずくと、つかつかと日本兵がやって来て、大喝して私の尻を剣先で突いた。わたしはいそいで落した片足をひろいあげ、前へ進んだ。やがて、十歩ほどで河岸。わたしは背に銃剣の切先を痛いほど感じている。相棒が頭を落す。ごつんという重い音がして半身が血にまみれた枯艸の上に横になる。……わたしが両手を放つ。屍は枯艸の斜面を転がり、屍のなかに落ちる。川はもういっぱいなのだ。わたしはあたりを見廻す。生きているものは、働き、働く者を監視している、そして校舎の窓からこの両者をぼんやり眺めている眼、型の如くに三種類のみ。それこそ、平素の、どの国にもある人間関係の、その型の如くに。

平素とは

わたしにはわからない
そしてわたしはまだ生きている人を投げ込んだ。あのときの死者は、わたしの腕のなかで、まだ死んでいない。まだ生きている。

《あらゆる質問は愚問である》という文句を見たことがある。たしかにそれは沢山の質問をおのれに放ってみたことのある人の言葉だろう。しかし、《愚問である》、だからどうだというのだ。しかしまた、だからどうだというのだ、という質問(?)に対してもまた、もう一度、だからどうだというのだ、と云うことは、出来る。だからどうだというのだ、と。

午後三時、老幼及び婦女子の外出が許された。食物や防寒衣料をとりに行く者はゆけ、と。

ということは、この小さな学校に八百人近い人間を集めてはみたが、これを養ってゆくことは出来ない。食わせることは権限外であり責任外であるということを表示するものであろう。

莫愁、英武、楊の三人に、思いつくあらゆる言葉で早く出よ、そして金陵大学の安全区域へ赴き伯父の保護を受けよ、と説得したが、三人とも聞き入れない。莫愁は、再び人世に在るを想わぬ、とさえ云う。楊はしかし落着いて、もうしばらく待てば、きっとこの学校は安全区域に指定されるか、或は兵営となって収容難民は全体が一隊となって敵兵保護の下に、他の安全区域へ移動せしめられるであろう、と云う。いま敵兵は極度の猜疑と興奮に常軌を逸している、必ずや食慾と情慾の満足をえた後には静まることであろう、それも遠いこととは思えぬ、とも云う。莫愁はまた、いま去るものは、要するに厄介払いされたのだ、敵兵ももとより戻って来ることを期待していない、それはわかっているが、夕刻近いいま無人の街路に自由な人として出てさまよい、賊に襲われたら防ぎようがない、それに一日二日は食わずともいい、だからしばらくともにここに留まる、と云う。留まることに定める。楊嬢は、去る人の去りきった時を見定め、残った人々約五百名(うち女子と子供は約百名)を組織せよ、とわたしに求めた。敵に協力するためではなく賊のきまぐれなどのため、無用の犠牲者を出さぬよう組織せよ、と云うのである。

わたしの家は孤立した位置にあって近所というものがなかったせいもあり、また知人たちも大部分は既に漢口に逃亡しているので、いくらさがしても見知った顔がなかった。どういう風にして、どこから仕事をはじめるか。楊嬢は、まず日本語の出来るものをさがし接敵班をつくること、医者をさがして衛生班をつくること、老幼の世話をする女子青年班をつくること、これを第一として、といった風につぎつぎと計画をたてる。新しい時代は血ぬられた枯草の下から爽かに芽生えて来ている。

けれども、この相談を楊嬢としているあいだに、ふとわたしは思いついて、昨夜一隊の兵が捜索に来たとき、嬢は一声高く叫んだがあれはどうしたのか、と聞くと、賊兵が莫愁の蒲団をめくり腹部に銃剣を擬し、正に刺さんとせし故、と答えた。答をえてちらりと莫愁を見ると、莫愁は眼を閉じて無言のままうなずいた。そしてふと云う、「子供が腹のなかであばれている」と。女性には、苦難に堪えるための何か特別な能力がさずけられているのだろうか。

しかしもしここで、今夜にもお産がはじまったらどうするか。

午後四時、日本兵が再びわれわれ男子を呼び集めた。今度は学校の外辺に転がった屍骸を片づけろというわけである。

子供あり、女あり、頭を打ち砕かれたものもあり、下半身裸身のもの、上半身裸身のもの。これら五十体ほどを聚め、積み重ねて石油をふりかけ、畑の中で焚くのである。このなかにもまだ生ある人があったかもしれぬ。たまたま風が吹いて来て、風勢怒号、黒い火煙は屍気を含んで右に左に荒れ狂い、夕べの赤日惨澹として光り無し。疲労困憊。

一軒の焼け落ちた家の前に、一人の老人が茫然と坐っていたが、その人の髪は焦げ額は爛れ脛は折れているらしく、ズボンは血にまみれ、人間というよりもこれはもう……何と云えばいいのか。この老人の傍にぴかぴか光るアルミニュウムの食器が一つあったが、この食器の形の完全さが襤褸の人と鋭い対照をなし、異常な衝撃をうけた。物質とは、真に異常なものだ。あの食器が、実に完全な形をしているのに、どうして人間たちは、と、憤ろしく泪が噴き出した。その当座は、殺した者よりも、むしろむざむざと殺された者に対して余計腹が立ったのだ。

帰途はクリークに沿った道を辿り、後門から入ったのだが、浮屍はところどころ流れをせきとめ、赤い膏、白い膏が盛り上り、フットボールほどのあぶくとなって漂っていた。

夕刻、楊嬢の云う〝組織〟のために、適当な人をさがして歩くうちに、日本兵用の厨に四人の男がいるのを認め近よってみた。四人は司火《ひたき》、掌汲《みずくみ》などの役についているのだが、そのなかに十三日夜八時頃、二人の日軍司令官の名を知らせに来た諜者Kがまじっていた。(眼に針を刺されたような疑惑――いくら諜者とはいえ、あまりに手廻しがよすぎる。早すぎる。――Kはダブルスパイではないか……)

この夜、城内各所に大火あり。

しかしこの夜のことは――。

賊、酒、狂酔。逼淫。

武器を持ち酒に酔った者。

莫愁、楊、英武。

記すに堪えないからこそ記しておかねばならぬのだろうが、いったい、今わたしはこれを後の世の弔古の士のために書いているのではない。この嗜虐症的な征服支配の時代の病例に即して、間接にはサド侯爵をたたえ、あらゆる文明の同質性を証明しようとしているわけでもない。このたびの戦争は、これは単に日中両国家の死闘におわるものではなく、日本のことはいざ知らず、中国国内に未聞の動揺と変質をもたらすことが明らかに看取られるからである。そしてわたしは——若い学生だったとは云え、一九二〇年代の国民革命当時のように、右往左往したくない——、もっと深い、——すぐに役立ったりはしなくても、たとえていえば歴史の地下に黒く潜む炭層のような、エネルギーの源泉に触れた思想、わたしは——莫愁もその腹の子供もついに見ず現実にこれを覓《もと》めることが出来なくなったが、だからわたしの家には子供を生みうる母はいず、いるものは支配者と一人の奴隷だけになったが、——ああした残虐をも可能にするエネルギーそのもの、それを考えたい。

わたしは今日、ここの南京偽政府にいちはやく参加した五人の裏切者の名を目前の電鍵《キイ》を叩《たた》いて通報した。刃を振りあげるそれにも似た行動——これを正当化するためのそれでは断じてなく、そんなことは極めてやさしいことだ——に堪えうるものを、見出したい。

俚謡に云う。

北の窓の告ぐるには、

諸人よ、上手に嵐来るあり。

木の葉のように吹きまくられたり、水鳥やベンチの黄葉の美に(あれは〝わたしが見た〟というより、〝魅入られた〟に近い)魅入られたりするのではなく、わたしはあの熊にも似た黒い鼎のように存在したいのだ。静かに、しかし内面的には鼎に油の沸くが如きものでありたいのだ。——凡《すべ》て汝《なんじ》の手《て》に堪《た》ゆることは力《ちから》をつくしてこれを為《な》せ、其《そ》は汝《なんじ》の往《ゆ》かんところの陰府《よみ》には工作《わざ》も計謀《はかりごと》も知識《ちしき》も智慧《ちえ》もあることなければなり。

⁂

六月一日

漢口《シアカン》へ逃げていった兄の英昌から、司法部の密使を通じてはじめて便りがあった。兄が下関の海軍碼頭から、司法部の役人たちやその家族といっしょに乗船したのは、昨年の十一月三十日、すなわち日本軍が漸く南京包囲態勢をととのえ、いまにも総攻撃に出ようとしていた頃だから、ちょうど半年ぶりで消息をえたわけである。きょうは、六月一日だ。

その半年は、

殺、掠、姦、火、飢荒、凍寒、瘡痍。

妻の莫愁も、その腹にねむっていた、九カ月のこどもも、五歳の英武も、蘇州から逃れて来た従妹の楊嬢も、もはやだれもいないのだ。

恐らく嬲《なぶ》りものにされ、姦されての後に殺されたのだ。そのほかの運命は考えられない。彼等が、もしさいわいに逃れえてどこかの知己に身を寄せたとすれば、漢口の兄に、どんなにでもして知らせていたであろうし、いまは南京偽政府の衛生部につとめる、裏切者の伯父にでもきっと知らせていたであろう。伯父にはまだ会っていないが、兄の手紙は、何等触れるところがない。そしてこのわたしはと云えば、昨年の十二月十九日午後三時、わたしたち男性が、集団的に殺戮されるために、金陵大学に設置されていた国際難民救済委員会の安全地帯、つまり難民収容区から、電線で貫珠の如くに後手にしばられてトラックに押し上げられた、あの瞬間に妻子に訣れ、実に文字通り万死に一生をえたあげく、四月のあいだ日軍の軍夫として使役され、漸く機を見出して逃亡して来たのであった。

わが家に帰ってはみたものの、わたしはいままでは、わが家の主人である敵軍の桐野中尉の奴僕である。実は、そこに住んでいた人々もろともに、無くなったのだ。事実わたしは、それまで親しいものであった寝台やその他もろもろの家具類にも、ほとんど親しみを感じることがない。家具たちは、わたしの眼前で、あるときは具合の悪そうな、ちぢこまったような恰好で、またあるときは意地悪な、憎悪に近い表情を見せて、桐野中尉とその従卒に仕えている。そうだ、この家全体が、わたし自身の意志と努力によってわたしたちの手に戻るその日を、待ちこがれているのだ。そう認識した方が健康であろう。

　そしてわたしは、他の誰も知らないわたしの任務についているとき、すなわち、深夜地下室に下りて無電機の前にたったひとりで坐るとき、そのときだけわたしは「わたし」である。わたしは「わたし」を、無電機という道具を手にした技術者、乃至は熟練工として認識している。云うまでもなく、胸中には敵に対する憎悪と復讐の心が、鼎に油の煮えたぎるように湧きかえっているのだが、しかしそれだけでは、この任務は果せない。激情は、永続するものではない。

　わたしと「わたし」――被征服、被占領地や殖民地の、または被圧迫階級の人民は、どうやら放っておけば、必然的に分裂的性格をもたざるをえないようである。「わたし」は、「わたし」の行動、或はものを作る行為――ものを作らぬ行動は、行動の名に価しない――を、直ちに政治行動であるとは思っていない。何故なら、「わたし」は、わたしの見聞及び諜者がもって来る敵軍や偽政府関係の情報を、漢口に移動した政府に打電するこの行為を、ものを作る製作行為であると思っているのであるから。それが結果的には政治行動であるとしても、それは、わたしにとっても「わたし」にとっても、余事にすぎない。「わたし」が無電をうつのは、惨澹たる敗北、敗走の最中《さなか》にあって勝利を作り出すための、そのための製作行為なのだから。わたしは、行動的ニヒリズムなどというものを信じない。尤も、それがいい、それがファッシズムとともに最も効率的であると思った時期があることは、ここに白状しておこう。

敵は、階段裏の掃除具置場が地下室への入口になっていることに、さいわいに、そしてわたしに云わせれば当然、気付かなかった。ただ、あの呪われた冬が、あまりに寒気酷烈であったせいか、地下室の壁に隣接する、水洗便所の水槽の壁にひびが入ったか、少しずつ臭い水が滲み出るのには、わたしは閉口する。

さてところで兄の手紙である。これを、たとえば桐野中尉に見せたとしたら、日軍の情報部につとめる——皮肉なことに、この中尉も情報将校なのだ——この、痩身でひょろ長い、そして日本人にはおきまりの黒いふちのロイド眼鏡をかけた男は、中国人のエゴイズムの一例として宣伝作業に利用したかもしれない。兄は、専らわが家の財産の保全を気にするのみである。減らさぬようにしろ、増やせ、農作物は戦乱のため減収し、値段が上るにちがいない、端境期に一仕事をする準備を怠るな、戦争はインフレーションの根源である、綿布、桐油、その他の投機をやれ、投機で出来た金は、すぐに××銭荘へもってゆき金条に換えよ、その他、わが家先人の神主《いはい》をまもり、節会には跪拝を怠るなかれ、等々。この手紙を、あらゆる奴隷がそうするであろうように、わたしも便所で読み、微笑を禁じえなかった。ついでに云っておけば、便所はいまやわたしの読書室となった。新聞も諜者の報告も便所で読み、細く切って水洗で流してしまう。読書人であることを知られまいとしてわたしは細心につとめている。

兄の手紙を読み、その執拗な単純さ、あるいは純真さに思わず微笑したが、あまりに家財を減らしたり、またはあまりに増やしすぎたりすると、和平恢復のあかつきには、いかなることになるかと思い、ちょっとぎょっとした。減らせば減らしたで、増やせば増やしたで、まだどこかにかくしているのであろうと云うであろうし、ひょっとすると司法官たる彼は、かくしたものを吐き出させるために、わたしを漢奸だなどと云い出さぬとも限らない。そういうことを思いきってやりかねない男なのだ。桐野中尉が何でもかでも日本の家庭へ送りつけてしまうような人物でないことが、不幸中のさいわいであるが。それにしても、兄の手紙は、まだ日軍に侵入されていない大後方地区の人々の暗澹たる心境をよくあらわしている。後方もまた経済は混乱し、政府の威令は行われず、悪商人が跋扈跳梁している。それを思い、かつ便所の窓から、日軍の兵舎になっている馬羣小学校の校庭を眺めやると、水のような、あるいはもしあるとして固体化した水のような憂鬱が、胸にひたひたとおしよせてくる。ただ一つの希望は、いまは白に赤丸の旗のひるがえっている、国旗掲揚塔である。その塔と、地下室の無電機は連絡しているのだ。

ただ一つの希望、そのほかは、あらゆるものが暗い。暗黒なのだ、一年のうちでもっとも明るい六月の自然さえが。わたしは、この地上に、樹木や草の花などがあるということ自体、呪わしく思っている自分を発見してときに驚くことがある。そんならどんな自然がいまのわたしには望ましいか、ふさわしいか。樹木も艸も一本もない、岩石と金属だけの、荒涼として硬度の高い自然、そういうものが望ましい。時間によって、すべてが、一切が変転するということが、いまのわたしには何か堪えられない気がするのだ。実は、時間によって一切が変転し、現在の境遇や情勢が逆転しないともっとも困るのは、わたし自身なのだが……。

人間の時間、歴史の時間が濃度を増し、流れを速めて、他の国の異質な時間が侵入衝突して来て、瞬時に愛する者たちとの永訣を強いる……。

わたしもまた、いつかは時間に運ばれ、時間に撃たれてもういちど死ぬのだが、神の愛がもしあるならば、ねがわくはわたしの冥府は、岩石色の岩石に、処々、紫金の鉱石の光るところ、天国でも地獄でもどちらでもいい、そんな風な、微光のなかの大理石的世界であってほしい。

艸や樹などがもしゃもしゃむんむんと生い茂っているところであってほしくない。そんな気がする。

何故こんな奇妙なことを考えるのか。それは恐らく、わたしが被占領区にあってその秩序に従って生き、あまつさえ敵軍の情報将校に奴僕として仕え、しかもなお「わたし」は決定的に反抗して情報を無電でうつ、つまり正反対の情報が一つ家に同居していることが一つ、また、この仕事の関係上、わたしは桐野中尉がもっとも知りたがっている大後方地区と中国共産軍の解放地区の様子を知り、しかも同時に被占領地区、すなわち桐野中尉の属する軍の支配する地区のことも、普通以上によく知っていることがもう一つある。この三つの地区の、いずれもが決して理想のところでないこともわかっている。いっそう象徴的なのは、あの馬羣小学校の国旗掲揚塔であろう。わたしにとって絶望と反抗の対象である白に赤丸の旗をかかげる塔が、わたしの希望の象徴でもあるのだ。

それにもうひとつ、わたし自身の年齢というものもあるであろう。世の云いならわしに従って人生七十年とすれば、わたしはこの七月で三十七歳に達する。ほぼ半ばである。あれかこれか、という年代は過ぎた。いまはあれとこれと、というところである。これがあれもこれも、になってはおしまいなのだ。

屋根の上に馬乗りになって、両方の風景を眺めているような気もする。死の方も、この世に生れ出て来た、その方向も、両方の風景がよく見えるのだ。後者の方向は、性《セクス》の眼覚め以来、観念の霧にかすんでいるが、それも次第にはれてゆく、また死の方向への道程には、たとえば性《セクス》に例をとるならば(これは辛い例を思いついたものだ、この半年のあいだに、わたしは何十という獣慾の発現を見て来なければならなかったのだ、そして莫愁は、恐らくその犠牲となって、もはや、いない)性を性として直視し、それに安んじうる自己を見出す。そして死ぬ。

そして死ぬ——それが銃殺による死であろうと、刺殺であろうと、病死であろうと、何であれ、死を想うとき、このごろのわたしは、いまはない莫愁をはげしくもとめる。死、あるいは殺気というものと性との近さ加減も、この半年間、いやというほどに見せつけられて来たのだが、それでもなおわたしの眼は切に、冥府にある彼女のすがたかたちを追う。面長な、中国人にしては不自然なほどに眼窩は深く、眉は長く、唇のいつも冷たい女であった。頬にはそばかすが少し浮いていた。いちどたわむれに(?)首を絞めあったことがあったが、外面には眼立たぬのどぼとけが、意外に固いものであったことを覚えている。痩せていて胸も薄く、内股も尻も豊かではなかったが、それで、よかった。愛のいとなみのあいだに、背に手をまわして「英―諦―」と投げやりに、物憂そうにわたしの名を呼ぶくせがあった。莫愁はいまごろは、こどもをつれて岩と金属の冥府を歩いている。

恐らくわたしは疲れはてているのだろう。昨夜、無電機に向いながら、(危険なことだが)ほんのしばらく居眠りをした、そしてこんな夢を見た。

冷えて血の少い、ひとりのおとこがそこにねむっているのだ。そこは、くらくてまるい、あたたかい世界で、まわりぜんぶは壁なのだが、その壁は海のようにやわらかく、そこでおとこは泳ぐようにねむっている。おとこは、ねむりながら、疲れはてないとやすらいはないのだ、疲れはてたら死ねばいいのだ、疲れはてたら死ぬだろう、と思っている……。しかし一方では、そこでねむって、そうしてたのむから、きみよ、よみがえってくれ、とおとこに祈っている。

と、——こんな夢を見た。

いま想うに、この海のようにやわらかい壁にかこまれた、まるい世界なるものは、恐らくは莫愁の子宮の内部だったのだ。性と死と生との、何と近接していることか、それはほとんど同一物であるかのようだ。科学はこれを生命現象とでも呼ぶのであろう。愛の原型、やすらいの原型はわたしにとっては、莫愁の子宮のなかに入り沈んで、そこで泳ぐようにねむっている休息——いわばこういうものとして存在していたのだ。死のやすらいと生命の運動とが同時に存在する状態が、そこに、あったように思われる。そこでは、すべてがゆるやかであたたかく、しかも無限定な緊迫もある……。生命にみちみちた虚無。子宮のなかでやすらい、そこから創造されて来る筈だった、まだ名をもたぬ生命。それもまた失われた。彼らは岩と金属の冥府を歩いているか、それとも宇宙に於ける創造を了え、遂に光りを断った暗黒星雲のように、くらい宇宙のなかに存在している……。そこから彼らが呼びかける――きみよ、よみがえれ、と。

六月二日

今朝、面白い刃物屋が来た。実は面白いどころではないのだが、そのことはすぐ後に書くとして、とにかく、次第にこの南京城内にも生活は恢復して来たのだ。物売りや職人の仕事が活潑になって来た。生活の恢復とともに、はじまるべきものもはじまった。ひさしぶりに、割竹を音高くうちつけて町を歩く刃物屋の呼び声を聞いて、わたしは家をとび出した。若い、がっしりとした体軀の、大男であった。山東人である。顔の色は漆でも塗ったように黒かった。額に切り傷の痕がある。掌は大餅のように大きく広く、足も、靴なら十三文くらいははきそうに思われた。

「庖丁、鋏、刀、大砲……刃物の柄なら何でも！　大砲の柄も！」

刀？　大砲の柄？　なんのことだ、とわたしは思った。

「大砲だって？」

「さようで。庖丁でも鋏でも、槍でも、鉄砲でも、刀でも、刃物一式、それから柄も。鎌でも槌でも。その柄も！」

黒い顔の男は、匕首《あいくち》のように鋭い、光った眼でわたしを睨んだ。そして、どうしたことか、頗る鄭重に、ゆっくりと頭を下げた。わたしはなにか不当な礼をうけたような気がした。それではじめて、思い出した。男は、二月ほど前、一群の同胞とともに日軍の軍夫として重い荷物をかつがされ飢えて歩いていた頃(そんな言葉づかいが許されるなら)、機を見てわたしが逃がしてやった若者であった。その頃彼は、いつも口癖のように、『こんなことをしていなくたってなあ』と云っていた……。『おお』と声をかけようとしたが、突き刺しそうな眼の光りに抑えられた。

――そうだったか！

と、わたしは納得した。

庖丁、鋏……いましがた彼のならべたてた刃物や武器のうちに、何か妙なものがあった。しかし、何が妙なのか、わたしには咄嗟にうまく気付くことが出来なかった。それに、男の眼の光りは、いかに刃物屋だとは云え、なんとしても鋭すぎた。

「何だって？　なにとなにが研げるんだって？」

とわたしはもういちど聞きかえした。

「庖丁に鋏に錐に刀に、もげた柄もすげかえます。それから鎌と……」

鎌と槌と云えば、これはつい三丁ほど先にあるソヴェト公使館の旗章じゃないか。落城当時、日本の兵隊がそこの物置に火をつけたことがあった。

「星もやるかい？」

黒い顔の男は、きっとなってあたりを見廻し、しばらくまたわたしの眼を見てから、ほんのちょっと口許をゆるめて、低い声で云った。

「星とね、星は少々ひまがかかりますけれどね」

「そうか、少々ひまがかかるか。それじゃ、火の玉はどうだい」

わたしは手をあげて馬羣小学校の国旗掲揚塔を指さした。白地に赤玉の旗が初夏の微風になぶられていた。

「火の玉とね、なにね、わたしたちゃ、火の玉で、鉄を鍛えて、それで刃物をつくるんでさあ」

これではっきりした。共産党の連中は、ここでもうはっきりと活動を開始している。

「これでね、この刃物屋って商売も、なかなか我慢のいる仕事でさあ。ちょいと油断をすれば、刃こぼれのする贋物を問屋につかまされる。ぜんぶの刃物を、どれもこれも、十人でも二十人でも突っ殺せるほど鋭利なのをそろえるのは、これはなかなかむずかしいし、時間がかかるこってすな。我慢ですなあ、根気よくやって年季を入れないとうまくゆかん商売でして」

このとき、桐野中尉を出迎える自動車が来た。と同時に、玄関から従卒を従えた中尉が出て来た。わたしも刃物屋も、立ち上って深く頭を下げる。でないと、従卒が誰かれかまわずに顔をなぐるのだ。日本人は、顔をなぐることが実に好きだ。わたしは、素手で頭を下げていたのだが、ふと見ると、刃物屋は、手に庖丁を、それも一番大きなやつを握りしめていた。わたしは、中尉の車が来たので、それまでいじっていた庖丁や鎌を台の上にわざわざ置いたのだ。ところが、刃物屋は、なかで一番大きなやつを、わざわざとりあげたのだ。平素の心構え、認識の問題がそこにはっきりあらわれている、と思った。だから車が行ってしまってから、

「旦那、この庖丁の刃は本物ですよ」

と彼が云ったとき、わたしはいささか顔をあからめた。気はずかしく感じた。そして、こういう「鎌と槌」を売る刃物屋が南京に入って来ていることを漢口に報告するつもりが、わたしにまったくないことを確認した。

仕事がおわると、彼は、

「また来ますよ、今度はすごい、火の玉でも鉄でも斬れる本物のやつをお土産にもってきますよ、再見《ツアイチイエン》」

と云って、割竹を何かの合図のように撃ち鳴らし、初夏の大気をふるわせながら、遠ざかっていった。一度、二度ふりかえって。夜警が、夜の色を深めて柝《き》を撃つように、竹を撃つ音、蒼穹に透徹。

刃物屋が云った、時間がかかる、年季を入れねばならぬ、と。わたしも一九二〇年代の国民革命当時、丁度いまの青年のような年恰好で上海の裏街や地下でうろうろした。

しかしその頃は、時間がかかる、という認識はなかった。明日にでも成就するように思っていた。それが、避けがたく痙攣する一揆主義をもたらし、却って潰滅を早め、わたしは挫折した。

青春時の挫折感からも、わたしはまだ充分に恢復してはいない。

刃物屋と話したおかげで、胸のなかにきざしはじめていた、ある暗い感情が消えたように思った。

すなわち、ともすれば、(誰かが無理もないことだ、と云ってくれそうな気がするが、)わたしたち一家をも含む、何万、何十万という人々のこの不幸は、避け難く超え難い運命のせいではないか、と思いたい心情が、わたしのなかにも確実にあったのだ。そして、すべては宿命だったのだ、と心のなかで呟くと、すぐつづいて、以て冥せよ、という鎮魂のための、出来合のことばがすらすらと出て来るのである。とにかく戦争が起ったのだ、だから、日本だけを除いて、既に全世界の新聞がNanking RapeとかMAS-SACREとかという風に、固有名詞化して、日本軍の南京暴行残虐事件として報道している、あの一切の人間的規範を踏みにじった、嗜虐症的な行為が起ったのも仕方がない、それは不可避だったのだ、などといううしろ向きの予言者のような人々が、現に出て来ているのだ。決して予言者の云うことなど信じてはならぬ。予言者というものは、本質

的には卑怯者なのだ。うしろ向きの予言者は、民衆のなかにも多々いる。それらのある人々は、

『われわれは懦弱で、うろうろぶらぶらしていたからこそ、こんなことが起ったのだ』

などと云う。この論理に従えば、このたびの日軍の暴行を招いたものは、われわれだ、ということになりかねない。彼らの、そういうことを云う際の、牧師的とさえ云いたくなるような、一種異様な満足顔を見よ。彼らは最悪なもののみを信じ、理性的な希望というものを決して信じないのだ。こういう宿命論者が民衆のなかに絶えない以上、戦争はなくならず、いかなる平和も決して平和ではない。彼らは、戦争が起り、つづいて最悪の事態が起ると、何となくほっとするのだ。満足し、幸福にさえなるのだ。彼らは自分の弱さに甘え、感動して喜んでいるのだ。戦争は、宿命論的な感情をもっとも深く満足させる。平和とは、戦争がないという消極的な事柄であるよりも、むしろ、奴隷的な宿命論や、破滅的な人生観に屈従せぬということなのだ。

彼ら、彼ら、と、いまわたしは複数で書いて来た。けれども、主としてわたしの念頭にあったのは、伯父のことなのだ。

刃物屋が割竹の音をひびかせながらいってしまってから、しばらくわたしは、門のところでぼんやりしていた。わたしは、実際は、一瞬もぼんやりなどしていられない身なのだ。家や庭の掃除をしなければならず、食事その他一切の切盛りをしなければならぬ

し、買物にゆく風をして、買物をしながら諜者たちと聯絡もしなければならず、どうやらたしかにダブルスパイになったらしい諜者Kの様子も監視せねばならぬ、そして深夜まったく孤独で無電機に向い、黒い鍵を叩きながら、滑稽なほどに根源的なこと、つまり神とか永遠とか、また自然や生命や人間や愛や、それらの織りなす劇のことなどを考えねばならぬのだ。いそがしい身のくせに、いらぬことを考えるものかな、などと云うなかれ。冗談ではない。自己の仕事や任務に満足し、従っていつかその飽和点に達して強い刺戟を追うような具合に精神が流動し出したら大変なのだ、そうなれば、何もかも外力次第になってしまう。危険な、瞬時に処理しなければ生命にかかわるような仕事をもつ人間こそ、叙上の永遠なる事柄についてのはっきりした認識が必要なのだ。流動体や機械になるためには、思考を放棄することだけで充分なのだ。

門のところで、わたしがしばらくぼんやりしたのは、わたしの、はっきりしているようでいて実は靄のかかったような部分が多く、重い、頭デッカチと云うべき頭に、あの身体も手足も大きく、掌を大地にぴたりとあてたら、大地そのものが吸いあげられ持ち上って来そうな刃物屋が、何とも云えず涼しい風を送りこんでくれたことにもよる。彼と話していたあいだ、このわたしにも丈夫な手足、からだが出来たような気がしていた。彼けれども、もう一つ、去ってゆく彼の背中を見送っているうちに、いつかあの男が、——もし万が一、生きているものとすれば——従妹の楊嬢の消息をもって来てくれるのではないかという、漠然とした、だが胸の痛くなる思付きをさせたせいによる。楊嬢は馬羣小学校に集中させられたあのとき、実に真先に、これらの難民を組織せねばならぬ、と云い出したのであった。彼の『お土産』が楊であってくれるように！

ところで、伯父は、いち早く流行のパナマ帽をかぶり、灰色の日避けパラソルをさして、ゆったりと歩いて来たのだ。

「おや、帰っておいででしたか、ははあん？　大分苦労をなさったようだね。だから云わぬことじゃない、日軍の入城前に、安全地帯委員会へつとめて、わたしゃどこそこのなんのなにがしでござるという、敵にあなどられぬ中立の官職名をもちなさいと、あれほどすすめたのに、断ったりするからだあね」

「…………」

わたしは黙っていた。伯父の口からとび出る唾液が陽に光っていた。彼は、わたしを、ではなく、じろじろとわたしの家を、上から下へ、右から左へとなめるように眺めまわした。わが家が、彼のねばっこい唾液で塗りたくられたような気がした。巨大ななめくじが一なめ、なめていったような気がした。

「それで、奥さんや英武ちゃんは、結局――」

結局もくそもあるものか！　わたしの眼前で、いや、眼前ではなかったが、その哀痛の声の耳に痛いところで強姦されたことを、彼は恐らく承知していたのではないか。ひょっとして彼は委員会の事務所の窓からそれを見ていたのかもしれぬのだ。

わたしは黙して叩頭するのみ。いずれ遠からずはっきりするにきまっている。

「漢口の兄さんから便りがあったかね。なんでも漢口じゃ、投機でえらい金を儲けたそうだがな」

「…………」

「それであんたは？　何をして……？」

それでわかった。無邪気に強慾な伯父は、わたしの家を見に来たのだ。あわよくばこの家を接収しよう、出来ればわが物にしようとてやって来たのだ。だがそれは駄目だ。この家には桐野中尉が住んでいる。がしかし、中尉と従卒だけにはなんとしても広すぎるのだから、中尉を説いて同居しようなどと云い出すかもしれぬ。

「わたしは、兄からこの家を保全してゆけと命ぜられていますから、兄に忠に、ごらんの通り奴僕となってまもってゆきます」

「そうかそうか、それは義理固いことじゃな、忠義なことじゃや、では失敬。奥さんやお子さんのことは、災難だと思って諦めることじゃな、仕方ない、仕方ない」

わたくしは、あくまで卑屈をよそおい、妻子を災難で喪い、呆け痴れた男、という風に、叩頭をのみつづけた。

現象を現実とし、外力次第で流動しうる精神の何と幸福であることか、彼は白いパナマ帽をかぶり、灰色の日避けパラソルをさし、裾さばきもゆったりと歩いてゆく。

頃日《けいじつ》、わたしの尊敬していた北京の文人周作人先生が、わが国には軍艦がない、航空機がない、だから駄目だ、とて敵偽にひそかに意のあるところを通じた、という噂を聞く。絶望の根は深く文化の根源にまで下りかかっている。しかし、赤い火の玉で刃を灼くという若者もいるのだ。

門を閉じ、裏にまわって芝を刈る。ときどきぴかッと光るものがある。ガラスの細片である。城を囲まれ、ぼこっぼこっというまだ遠い砲声を耳にしながら、英武と楊嬢と三人でこの庭に下り立って話した、昨秋のことが思い出される。あのとき、英武がもみじの枯葉を一枚拾って、

「――お父さん、きれいだねえ」

と云った。五歳の子供までが死を通して風景を見ているか、と思って、あのときわたしはぎょっとしたものだった。

芝を刈り了え、庭に出るポーチの傍に立ったとき、馬羣小学校の校庭から、馬をつれた兵が続々隊をなして出てゆくのが見えた。それが全部出ていってしまって、校庭ががらんとなったとき、その空虚さをみたすかのように、わたしの頭、眼、耳のなかへ、血紅色の奔流をなして昨年十二月十四日夜以降の追想が泡立ち流れ込んで来た。それまでは、なるべく思い出さぬように、耳に眼に蓋をして上からおさえつけていたのだ。

十四日、明るいあいだは、日兵が次々と斬殺し刺殺する同胞の屍を裏門外を流れるクリークに投げ込む仕事をさせられた。なかには、まだ気息ののこっている人もあったのだ。あれからの半月、ほとんど毎日、ぐしゃッという刀による乱斫《らんしゃく》の音、ぶすゥという銃剣による刺殺の音、そして饒命の叫びと、その叫びが漸く微になってゆき、やがて音無き声がのこる、そういう音を聞かなかった日とてなかった。しかし、それはともかく、十四日夕刻、馬羣小学校の講堂に集中された、約五百人の老幼男女のなかに、身ごもった莫愁と英武、楊嬢とともにうずくまり、楊の提唱で、無用の害を防ぐため、この五百人を〝組織〟しようということになり、適当な人もがな、とわたしは絶望した人々のなかをわけ歩いた。かくて日本兵用の厨房で、司火《ひたき》、掌汲《みずくみ》の役についていた四人の男のなかに、諜者のKを発見した。そのときはじめてわたしは、Kはダブルスパイではないか、という疑いを抱いたのだ。いくら諜者でも手廻しがよすぎる、早すぎる、と思ったのだ。なるほど諜者には、手早く人に取り入る技術が必要であり、身に備わってもいるであろうけれど、その知識と技術に諜者自体が支配されるようになっては、思想は節操を失ってしまう。

そのときKは、日本兵が酒を大量に仕入れて来ていることを告げ、切に警告し、暗くなったら何とかして裏門から逃げられるようにはかるから、この際は五百人の同胞のことなど見捨ててしまえ、と力説した。わたしは、それは出来ない、と云った。そしてK

に、君は日本語が出来る筈だから、わたしとともにこの部隊の長に面晤《めんご》し、金陵大学にある国際安全地帯委員会に聯絡し、この小学校を安全地帯に指定するよう配慮してほしい旨を話したい、と云った。Kは漸く承知してくれて、夕刻六時、わたしは部隊長に会った。決死であった。人間が各々人格ある一人一人の人間ではなくなり、難民というマッスと化しているとき、マッスからぬけて一人の人間になることは、危険極まりないことだ。こうした場合、目立ったということだけでも殺され得る。ずんぐりとした部隊長は、白い柄《つか》の長刀を脇に置き、幕僚とともに酒食を喫していた。Kが食事を司るらしい下士に話し、下士が中位の将校に話し、将校が副官らしい者に話し、副官が長に話した。その結果、部隊長は、これより司令部に於ける祝宴に赴くことゆえ、そのとき事を伝える、という良報をえたのであった。

ところが、部隊長をはじめとする将僚がいなくなったとき、そして下士や兵が酒に酔い出したとき、最悪の事態が起ったのだ。

その日一日、俘虜を処分すると称して殺戮に酔い死に酔った兵たちは、夜は酒に酔い、つづいて性に酔わなければならなかった。ここでも性と死のなんと近いことか。

その少し前までは、特にわたしが部隊長との交渉の結果を報告したときには、五百名の、様々な階級職業の男女からなる難民たちは、実に、楽しげに(?)とさえ云いたいほどに、打解けていた。死の打撃のあとで、ほっとして人懐しさをさえ感じたらしく、煙草をもっていたものは、煙草をわけ、何かの食物をもって来ていたものはそれをすすめあったりさえしたのだ。みな底抜けの善人になったみたいで、不可思議と云えば云える風景であった。そこには、いかなる災殃をもともに堪えて行こうという、ほのかな、抵抗のもとにもなるべき決意すらが見えていた。だから、楊嬢が日本語の出来るものは接敵班に、医事の心得のあるものは医療班に、老人や子供の世話をみるための女子青年班などを、つぎつぎと組織してゆくのを見ていると、何か愉快でさえあった。災殃の中間に生じた友愛、連帯感。しかし次の瞬間にそれがどう変るかは誰にもわからぬ。ゆるい、一時的な〝組織〟が果してそれを保持しうるかどうか。

それは、砲爆撃の下でわたしたち一家が暮していたとき、生活全体がこどものおままごとめいた、稚い感情を喚び起したことをすぐに聯想させ、それが南京全体の難民にまで拡大したかと思われた。戦争は人間を(判断力の未熟な、あるいは欠けた)こどもに還すのかもしれない。ひょっとすると、あらんかぎりの獣性を発揮してみせてくれた日兵たちも、一人前の判断力の役に立たぬ組織のなかに繰りこまれて、こどもに還されていたのかもしれぬ。あの、無意味に蛙や魚や蛇をなぶり殺しにして楽しむこどもの残酷さに。

講堂のなかでは、酷い寒さに誰もがふるえていたのだが、また火のつくように泣き叫ぶ赤子や、傷を負った人の呻吟の声もまじっていたのだが、全体としては、血と膏に濡れた闇の曠野で、一点の温かい灯のまわりに集まった流浪の民のつどいのように、なごやかなざわめきにみちていたと云っても、そう過言ではなかったのだ。

けれども、だからと云ってわたしは安心していたわけでは決してない。教室に陣取って酒宴をひらいていた敵兵たちの歌声や吶声が次第に高まってゆくのを、高まりゆく不安のうちに耳にいれていたのだ。九時頃、Kが廊下にあらわれ、鼠のように廊下をはったり、ときどき膝で立ったりして、何かしているのに気付いた。わたしがKに気付いたとき、Kもわたしを見つけ、指で諜者に特有の合図をしてみせた。そこと、ここと、あそことあそこの鍵はあいているから……、というのである。またKは、すべては無駄だった、酒のみ、という意をも指で知らせてくれた。わたしは、緊張した。すべては、という意味は、安全地帯委員会との交渉に関することであろう。後者は、酔いつぶす、ということであろう。後もうひとつ合図があったが、それが何かは、わからなかった。

Kがふたたび厨の方角へ姿をかくしたとき、講堂の、講壇横の入口が開き、上着のボタンをはずした敵兵二人が躍り出て来て壇に駈け上り、意味のとれぬ、しかし奇妙に哀調を帯びた歌をうたいはじめた。身体を真直ぐにたてていることの出来ぬほどに酔っていた。歌は、軍歌の一種なのかもしれぬ。がしかし、この次の歌は、恐らく女性のことが主題となったものに変るであろうし、その次の歌は、性だけに関する歌となるであろうことは、察するに難くはなかった。わたしたちは、手わけしてどことどこの鍵があいているから云々、ということを一同に知らせた。

壇上は、いつのまにか敵兵でいっぱいになった。柔術のようなことをはじめるものもいた。また壇の裏からは、割に端正なタッチでピアノの音も聞えて来た。敵のなかにも、いろいろな人がいるのである。当然であった。踊ってみせるものもいた。あたかも、われわれ難民を観客とする軍楽舞踏会が開催されたかの観があった。

しかし、そのうちに、はじまるべきものがはじまったのだ。前列にいた若い女二人が、壇上にひきずり上げられた。この頃、少しずつ難民たちの数は減っていっていた、まだ眼立つほどではなかったが。わたしたちもまた膝で少しずつにじっては、位置を変えていった。

壇上でもがきにもがく女をつかまえた兵たちは、そのズボンをぬがせようと努力していた。もはやどうにもならなかった。威逼已《いひつや》まず、遂に下腹部を曝らし掩蓋《おおいおお》うことかなわず、羞渋の様は見ていることが出来なかった。

がしかし、意外なことにそのときはそれだけだった。二人の女は、はなされて手早く衣をつけた。これが礼にかなった序曲だったのかもしれぬ。すなわち、酔った兵の数はふえ、彼らは難民のなかに入り込んで来た。そして人々の眼前で眼を掩い耳を蓋うことも出来ぬ事態があちらこちらで展開された。このときは、もはや、団結もなかった。つかまった女は、別の女の袖をつかんで、逃れ代らそうとした。どこかでガラスが割れた。

すぐそばで銃声がした。妻を姦されようとした夫が、ガラスの破片で敵を刺したのだ。出口には短剣を手にした兵が二人いたが、われわれは相聚まって一挙に突破した。そのときわたしは左腕上膊部を刺された。出てすぐのところは、馬小屋であった。小屋のなかは、馬と人間で一杯であった。すぐ前に、馬蹄に覯《なず》んだのか、肝脳地にまみれた幼女の屍がころがっていた。このとき、あたりいったいの電灯が消えた。いまから考えれば、Kがした、いちばん最後の合図は、スイッチを切るからそれを機会に、という意であったのかもしれぬが、遅すぎた。しかし、犠牲になった人には申訳のないことだが、遅すぎたのではなく、全体のためには適当な時期であったのかもしれぬ。Kは、冷たい計算の人なのだ。その冷たさがときどきわたしを苛立せ、怒らせもする。かくてわたしの計算や判断を誤らせさえする。

人々とともに講堂の軒にそって運動場へ出ようとしたとき、わたしはどすんと顔を人間の腹にぶっつけた。女が首をつっていたのだ。楊嬢が窓枠にかけ上って、ナイフで縄を切った。ナイフをかくしもっていたのだ。身体検査のとき、見つかったらたちどころに殺されていたであろうに。闇の運動場に出て、わたしは莫愁の手をとり、楊は英武を抱き、いっせいに駈け出したとき、パッと照らし出された。二台のトラックのヘッドライトをつけたのだ。機関銃が鳴り出した。運動場の低い土塀を越えるとき、鉄条網でみな怪我をした。が、わたしたち四人はさいわい誰も銃弾をうけなかった。

畑地を踏み越えてわたしたちは、あてどもなく、よろめき歩いていった。背後では銃声と哀痛の声が絶える間とてなく、惶《おそ》れ駭《おどろ》いて誰も口をきけなかった。このあたりは、よく知ったところなのだが、逆上していたと見えて、いったいどこをどう歩いているのか、闇では見当もつかなかった。よろめいているうちに、何人かの屍をふみ、たしかにはらわたのなかに足をつっこんだと思ったこともあった。

野曝しになった柩のたくさん置いてあるところまで達したとき、ちらちらと雪が降り出した。柩と柩のあいだに、莫愁が坐り込んでしまった。産気づいたのか、と思ったが、そうではなかった。彼女は、低い声で、ここは善地であると思う、ここで自尽したい、人世のうちの、ああした景を観知した以上、もはや世に在ろうとは想わぬ、と云い出した。そして薄く雪の散り敷いた地に死伏して起たなかった。

ひとしきり、四人ともに沈黙。

呆然としていた英武が、身と心の疲労の限界に達したか、さいわいに眠り出した。楊嬢がしずかに両手をさし出してわたしから英武をうけとり、砲弾のせいか、真二つに割られた柩のなかに寝かせ、ついでわたしの傷の手当をしてくれた。

上膊を緊迫して血をとめ、傷口に用意の止血薬を塗り、繃帯を了えたとき、つい近くで猫の鳴く声がした。

ぎぃや、ぎぃやぁ……。

地に臥した莫愁までが起き上った。

青味がかった黄金色に光るものが二つ、三メートルほど向うの柩の上に凝然としていた。以前には、白い猫が同胞の屍の、咽喉に食らいついているのを見た。わたしは思わず土をつかんで投げた。が、二メートルも逃げない。われわれがここで死んだならば、この猫がわれわれの咽喉に食らいつくのであるか。立って追い払おうとしたとき、莫愁がわたしの手首をつかんだ。

近くに、懐中電灯の光りがちらついていた。楊をなかにしてわたしたち夫婦は、地に死伏した。跫音とちらちらする光りが見えなくなってから、三人ともどもに、声を殺して哭泣した。英武は、死んだように眠っていた。もうまる二日は一食もしていないのである、飢えと寒さに凍死しはしまいかと恐れ、柩のなかから抱き起し、ゆり動かしたが一向に眼覚めず、そのうちわたしたちもまた眠ってしまった。

雪は降りつづいた。

どれほどかたって、わたしは眼覚めた。腕の激痛のためであったと思う。ふと気付くと、わたしたちの前に、白い巨大な馬が、妖怪のように立ちつくしているのだ。馬も血を流していたように思う。

白馬は、しばらく凝っとわたしたちを瞶めていた。やがて、首を垂れ、すたすたと雪のなかを去っていった。

あれは妖怪だったのか、わたしの幻視だったのか？

人は、人間について極限的な景を観たり、あるいは精神をその極限まで追い詰めたり、追い詰められたりしたとき、屢々発狂する。現にあの講堂でも一人二人の狂者は出ていた。

　この夜の後、わたしは幾度か惨憺たるものを見て来た。

　十数人に姦淫されて起ち走ることのできなくなった少婦も見た。少婦は死んでいた。

膝まずき、手を合わせ、神も仏も絶対にその祈りを聞きとどけねば已まぬ、完璧の祈りの姿勢をとった人々を、何十人となく見た。

砲弾に吹きとばされ裂かれた樹木の、太く鋭利な枝に、裸体にされて突き刺された人も見た。人も樹木も二重に殺されていた。

　断首、断手、断肢。

　野犬が裸の屍を食らうときには、必らず先ず睾丸を食らい、それから腹部に及ぶ。人間もまた、裸の屍をつつく場合には、先ず性器を、ついで腹を切り裂く。

　犬や猫は、食っての後に、行くべきみちを知っている。けれども、人間は、殺しての後に行くべきみちを知らぬ。もしあるとすれば再び殺すみちを行くのみ。

かつて神曲、Comédie Divine というものを書いた人がいた、それから何百年かたって人間喜劇 Comédie Humaine を書いた人が出た、いまは獣性劇 Comédie Bestiale か。

わたしは終末論者ではない、しかし、──

自分たちに戦いをしかけるような奴は、まともな人間ではない、とでも思い込みたいのか。池さらえをくった池底の雷魚を思い出す。

戦争で人が人を殺すのはあたりまえだ、と誰かが云った。

骨と筋肉でかためられ、神経の通った、そして動き、感じ、考えるこの美しいものを、何万、何十万も最も醜悪な物と化さねばならぬような価値がもしあるとすれば、それは妄想の世界にしか存在しえない。

人はたとえ魚のはらわたと同じものを腹にもっていようとも──。

その頃から、人が人を殺す景に立会う毎に、わたしには茫然と突立っていた白い馬の幻想、幻視が訪れるようになった。そのほか、猫や蝙蝠や死んだ樹木や火焔などを視るようにもなった。

そしてまた、そういうもののひとつもない、岩石と金属だけの世界へ、わたしは行きたい、と思うようにもなった。

雪の夜があけて、朝が来たとき、わたしは道に一人の西洋人が一人の中国人を従えて歩いてゆくのを見た。わたしは、その西洋人に助けを求めた。

マクギーとか、マギーとかという米人であった。同胞が頼りにならず、第三国人に頼らねばならぬという状態。現在では、同胞同士の争いで傷ついた人のうち、あるものは、日本人を頼りにするようになっている。

このマクギーまたはマギーなる人は、通りにぽつんぽつんと建った家という家の扉を悉《ことごと》くひらいてみて、なかの写真をとる。どの家にも泣いている女か、死んでいる女か、うつむいた男か、死んだ男かがいた。

こうしてわたしたちは、金陵大学に設置された安全地帯に辿りついたのだが、そこもまた、俘虜を捜索するという名目で乱入して来た敵に犯された。

莫愁や英武や楊嬢のことには、触れまい。幻視ではなく、わたしは彼らの運命を見透している。

安全地帯内で、あの伯父に会ったとき、伯父は、先程云ったことをくりかえし、いちばん後に、こんなことになったのも、もとはと云えば、わが国の青年層が堕落し腐敗したせいだ、とつけ加えた。青年の堕落を鞭うつ声が上りはじめたら、若者よ、大人たちは戦争の準備をはじめているのだ、と思って間違いはない。

十二月十九日午後三時、わたしは左腕の傷によって、俘虜と認定され、すべての人々に訣れを告げた。伯父は、そのときどこにもいなかった。けれども、わたしは伯父はどこかの窓のところにいたのではなかろうか、という疑いを去ることが出来ない。電線で後手に結えられ、トラックに押し上げられ、西大門へ到着したときには、既に銃声しきりであった。先のトラックに乗せられて来た同胞の処分が済むのを、待っていなければならなかった。われわれはそこでいましめを解かれ、膝まずかされた。

死を通して見た風景は、もっとも美しいものであると云う。

わたしもたしかにそう書いた。

この世の自然と人間に訣れようとしている、末期の眼にうつる景色《けいしょく》は、透明な膜を通して見るように、すべてが濾過されていて美しいという。

それはそうであるかもしれぬ。

主観の極限。認識の固定化、その極北。

しかしそれは、愛する男なり女なり、要するにその孤独は、愛情により友情により、その他の、この世のもろもろのものに支えられた孤独であり、人はむしろ純化されてイデヤにも近い愛情、友情をこそ見ているのであって、風景そのものを見ているのではない。と、わたしは云う。どんな死であれ、死は同一である。けれども、理由なく殺されるものにとっては、魚のはらわたを通して見た風景は、荒涼としてまったく無意味だ、艸があろうが樹木があろうが、雪が降っていようがいまいが、断じてそれは、岩石と金属の景にすぎぬ。

完璧の美は、真理は、美しかったり、本当らしかったりするようなものではないらしい。なまなかなものではない。

そして、死にゆく者は、実はひどくいそがしいものなのだ。病死する人にカンフルを注射したり何かしてもたせるのは、何のためにもたせるのか知っているか。あれは、一刻でも生を永からしめようという、生者の側の配慮にもとづく、ということになっているようだが、実はそうではない。生きるために努力、体力がいるように、死ぬためにも実に努力、体力がいるのだ。あれは死ぬために、体力をもたせようとしてすることなのだ。死ぬためには、どんなに肉体的に努力をしなければならぬことか。雪解けの泥中に膝まずかされたわれわれ、そのわれわれを、後の方にならんだ同胞たちがぐいぐい肩で押してくるのだ。死の方へ向って、西大門外の銃声の方へ向って、実に懸命に、力強く押してくるのだ――。

われわれは、百人ほどずつかためられて、薄暗い西大門をくぐらされた。いや、後の方の同胞に前へ押し出された。前の方のものは出たがらず、後のものが押す、異様な力学。門の外と上には、何台かの機関銃が据えつけてあって、上と横から、門外に出た順に撃つ。撃たれた屍は、門のすぐ前のクリークへごろごろと転がり落ちる。クリークに橋はかかっていたが、橋は少し左の方にかかっていて、日軍は軍夫を使ってここを刑場とするために、門外の道路を半分ほどに削って急勾配にしてしまったのだ。死にきらなかったものは、クリークに落ちこもうとはせずに、土にしがみつく。すると、兵が来て刺殺する。わたしはどうして生きていたのか、よくは知らぬ。恐らく、暗くなってからクリークから這い上り、と云うより、屍のあいだから出て来て、一軒の空家に入ったとき、そこにうずくまっていた先客の云ったように、機関銃の発射される瞬前に死伏し、そのままクリークに転げ込んだのかもしれぬ。

その空家に、二人で十日間かくれていた。附近の人が毎日粥を届けてくれた。わたしは高熱にうかされていた。誰かに手当をうけた。肺炎だったのかもしれぬ。さいわいに熱がひき、金陵大学の方向へ、病み上りの身体で歩いていったとき、行進する部隊の殿《しんが》りの兵に「おい、ニイ公」と呼びとめられ、荷物をかつがせられた。それから四カ月――。

何故こんなに悲惨なことを書きしるしておくのか。明らかに云えば、それはわたし自身のためなのだ、わたし自身の、よみがえりのため、なのだ。

わたしはいま、生者として無電の仕事と奴僕の仕事の二つをもちながらも、実際には、岩石と金属だけの、時間のない――前言を裏切るようだが――美しい――という言葉を入れたいという気持が切々とする――世界と、生命にみちた六月の山川艸木の世界、非人間的な世界と人間の世界との、その両者の境界をさまよっているのだ。そのどちらの世界へよみがえりたいと思っているのか、根本的には、よくわからないのだ。

しかし、わたしにとって愛と生命のみなもとをなす場所であった、莫愁の子宮のなかの世界は失われた。そこに宿った新しい生命も失われた。
死も生も性も、同じものに思われて来る。流れてゆく純粋な時間が見えるような気がする。白い馬がたてがみを長くひき、暗黒の宇宙をはしってゆく。

⁂

×月×日
×月×日と書いたが、今日は実は六月三十日なのだ。
それはわかっているのだ。けれども、何かをあからさまに、はっきりと認識するのが、辛いのだ。いまでは、世に南京暴虐事件と称される暴虐をはたらいた敵を憎む気力もないほどに、絶望している。

七月二日
今日、すぐ後に記すようなあることがあって、ほんの数行ではあるが、昨日書いたことの全体、及び、昨秋十月三十日以来書いて来たことのうちに、数々の誤りがあることを知った。尠なくとも認識の仕方としては、昨日の書き方が全的に誤っていることを知った。一面、他国の軍事支配と暗い政治気候の下に生きることが、いかに容易に、かつは自然に人を分裂させ堕落させるかということも知られる。――ここでわたしはいそいで云い添えておく、厳密に云えば、他国の云々という前提は、実は不要のことなのだ、すべては人間の問題なのだから。そして人間の問題を純粋に考えるためにこそ、他国の軍事支配と暗い政治気候は退けられ打破されねばならぬという結論も出て来るのだ。そのことを、これから考えようとする。

あること、というのは、今日の午後、わたしは桐野中尉の晩餐のための酒を買いにゆき、そこでKと連絡し、桐野中尉が自宅、すなわちわが家に日軍司令部から持ち帰っている書類の全部を撮したフィルムをポケットに入れ、これをKにわたすことが、まだいいかどうかを考査していたとき、その酒屋の前を、すッと通り過ぎていった、一人の女性についてのことなのだ。

その顔と後姿とを、ちらりと見たにすぎぬ見知らぬ女性と認識の問題、などといったら恐らく笑い出す人がいるであろう。それも一人や二人ではなかろう。現に、わたしの耳には、笑う人がいるかもしれぬな、と思うや否や、空虚で巨大な、批評的、とでも云いたくなるような笑い声が響いて来る。それは、この狭い地下室の四囲の壁にうちあたって無電機のなかの真空管を通り、増幅さえされて来るような気がする。

昨冬、日軍による南京洗城当時、国際難民救済委員会の手になる安全地帯に侵入して来た敵によって、兵士——俘虜とあやまられて妻子と訣れ、百人を一組とした大量殺戮の際、真に九死に一生を得て以来、わたしは実に様々な幻視や幻聴にとり憑かれているのだ。云うならば、ふと、なにかそんな気がする、そんなものが聞えるような気がする——という、何かの幻想のきざしをば、わたしの神経は忽ち幻視として、幻聴として実現してしまう……。暗黒の宇宙を、白い馬がたてがみを長くひいてはしり去るのを視たり、えも云われぬ人間動物の痛鳴をもととする、この世のいかなる音響も及びつかぬ、肉体にじかにこたえる音を聴いたりする。

キイ、ヴィイ、キイ、ヴィイ……というような。

そしてこれらの幻視や幻聴から醒めたとき、醒めたままで、おのれを統御する努力をしないでぼんやりしていると、わたしは突然激烈な怒りの衝動にかられ、手当り次第、敵兵を片端から殺したくなる。

情熱《パッション》とは、かくまでも受動的《パッシイブ》なものなのだ。真の行為者、認識者は、——この二者は別々なものではありえない——、情熱《パッション》と相対立すること確実な、自由な思想の保持者でなければならぬ。

室内の笑い声は、止んだ。

神経の正常な人、たとえば二階の、もとのわが兄のベッドで眠っている桐野中尉の耳には、いまのような、キイ、ヴィイ、キイ、ヴィイ……それからkha……kha……、kha……、と変ってゆく、こんな声などは、決して聞えない。ここでわたしは敢て神経の正常な人として、桐野中尉を呼び出したのだ。わたしの憎悪は、断じて彼を正常な人とは認めまいとする。けれどもわたしは、わたしの憎悪にも抵抗しなければならぬ。あたかも、不意に訴訟をしかけられた人が、相手は気狂いか何かじゃないかと思うような、そういう間違いをしてはならないのだ。

彼、及び彼をその一員として含む彼等は、その正常さを維持しようとし、わたしは、この異常に住して、それを超え、彼等の正常とは別途な正常さをうちたてようとする。

ところで、すッとわたしの眼をかすめて過ぎた女性のことを語ろうとして、これはまたなんという迂路を経めぐったことか。まことに、自己を真直ぐに立てて生きるためには、実にあらゆることを、わたしは検討しなければならないのだ。

ズボンの内股のところに特別につけたポケットのなかの、二巻きのフィルムが股のつけ根に触れていた。わたしはKのちらちら動く眼の黒玉を瞶《みつ》めて話していた。そこへ、灰色の中国服を着たそのひとが来たのだ。面長で、わが国人としては不自然なほどに眼は深くくぼみ、眉は長く、頬にそばかすが薄く浮いていた。痩せていて、胸も厚くなく、尻も小さい。結核を病んでいるか、と思われた。

いや、結核などとは余計なことなのだ。要するに――一言で云えば、いまは亡いわが妻、莫愁とそっくりだったというのだ、そうなのだ。これをあらわに云うことの辛さが、結核などという、空想妄想の病患を、あの瞬時のひとに押しつけた。空想妄想に身を任せるなら、いまのわたしはありとあらゆる、肉体の、精神の病症を発明し、それを実現することが出来るであろう。

Kにフィルムを渡すことを断念し、別の男に会って処置し、中尉のための三斤の美酒をさげて帰る途次、わたしは戦乱後はじめての経験を一つした。わたしはわたしの性が地から立ち上り、莫愁との愛のいとなみの全体をすら、肉体的に追体験した。わたしは冷たい汗を流しながら、考え、想い、炎天の下、廃墟のなかの道を辿った。

女性と、そして認識の形成について。

なぜわたしは眼窩の異常にくぼんだ女性にひかれるのか。なぜそういう顔をした女の顔を見ると、何とはない喜びをおぼえ、やさしい気持になるのか。この理由については、恐らく、遠く幼年時代、上海に住んでいた頃の隣人の、オランダ人か何かだった人の娘にまでさかのぼることが出来るであろうし、また、当時の西欧崇拝の念にまで、みなもとを辿ることも出来よう。莫愁や今日のひとはさておき、後者の理由については、桐野中尉が――このひとはどうやら職業軍人ではなくて、日本からの来信によって判断するに、召集された大学教授か何からしいのだが――、彼が横文字の書物を少しずつそろえ出すのを見ていると、わたしはときとしてある種の親愛感をさえ持ったりするのだ。

これらのことは些事のように見えるが、実はそうではないようだ。わたしの例にてらしてみても、女性の容貌に対する、何とはない好悪という、このささやかでかつ人の奥深くかくれている端緒から発したものさえが、忠誠と裏切りという、決定的な事態にまで到りうるということが云い得る。

だから、ここで眼のくぼんだ女性という心像を一応捨離し、わたし自身の主題に還って云えば、わたしの古くかつ奥深いところから湧き出て来る、何とはない喜び自体が、あたかも美貌のもつべき条件乃至は特性として、眼窩の深い顔に投影されていたのだ。そして、そのことについて、わたしはほとんど無意識であった。ということを、今日、わたしは知った。

その無意識さ加減が女性との交渉に限定されている場合には、険悪なことは起りえても、まだしもそう非道く危険ということはないかもしれない。とにかく、何とはなしに好いていたということは、何とはなしに嫌いだったということと同じく、その深浅にかかわりなく、厳密に云えば充分知るまで待たずに、また知るための意志的な努力をせずに、軽率に判断を下していたということになろう。何とはない空想のなかに、わたし自身の認識と判断が全体的に包含されていたのだ。

何とはない空想、好悪——これらの言葉は、以下に考えることに適用するには不適当だが――は、今日、莫愁に似た女性を見たわたしの胸の鼓動を早めた。そして敵に対する単なる肉体的嫌悪、憎悪から来る受動的《パッシイブ》な抵抗が、どのくらい永く、果して永く永く持続しうるかどうか、このことは、本質的には前者と同じ比重をもって考えることの出来ることだと思う。

身体に還元すべき情熱《パッション》や心像は、早く、はっきりと身体に還元させねばならぬ。そしてその身体を持して自由な意志と思想から再出発すること。でなければ、わたしはわたしにとり憑いている幻視や幻聴をすら克服し、支配することも出来ぬだろう。いまは神経衰弱だからといって青島の海浜に遊んだりしてはいられない。

しかし、もう一度なぜをもち出そう――そしてこれからも何度でも――。なぜこんな七面倒なことを考えるのか。

なぜなら、身体にしか還元出来ぬような、その程度の愛憎や、本能的な愛国心などという不正確なものでは、永く永く敵と戦うことは出来ぬからだ。捕われたときの、拷問の苦痛に堪えることも出来ないであろうからだ。わたしは軍隊にいるのではない。わたしは、家族を失った孤独者なのだ、そしてその孤独の底を割ろうとしているのだ。わたしがいまたたかっているのは、わたし自身の認識に対してだ。認識変革の劇、これがわたしの劇なのだ。

われわれの農民や工人が、単純素朴に抵抗しているのに、ああ君は何と複雑な手続きを経なければならぬのか、という問いがありうるであろう。しかしこれは複雑でも何でもありはしない、単に考え抜くということにすぎぬ。農民が、火器がなければ、暗夜に鍬をとって襲いかかるように、知性は道具にすぎぬ。思えば学生時代に、哲学の課目をとらされ、認識論というものを、ああ何とややこしく七面倒なものであろうと嘆いたことがあったが、それがかくも直接わたしの生を救い、この激動の時期に意味を与えるものとして、今日復帰して来ようとは、けだし思いもよらぬことであった。

今日、あの灰色の服を着た女性をちらと見たことがきっかけとなって、幼年時代にまでさかのぼることが出来たことを、わたしは深く喜ぶ。いつなんどき人生の持続感を断ち切られるかわからぬ戦乱の時代にあって、わたしはわたしの人格が、いつ何を仕出来《しでか》すともわからぬ不安定な、不連続なものとして形成されるのではないかという不安を抱いていたが、わたしはそのような流動体的な人物では自分がなかったことを知りえた。ともあれ、同じ人間であり、人類の一員と考えれば同じものである日軍と、永く永く戦い抜き、殺されること、もういちど殺されるにちがいない拷問に堪えることの出来る、もっとも力強く、かつもっとも明確な観念は、帝国主義だとか何だとかという、センセーショナルな政治家的新聞的用語にまどわされていたのでは、決して生れて来はしない。

昨日の手記が、誤っているとわたしが云うのは、そこにわたし自身の意志がまったく参加していないからでもある。絶望している、などと、よくもぬけぬけと云ったものだ。

昨夜、もし不意を襲われて逮捕されていたりしたら、どろどろのはらわたを出したまま、そのはらわたのひとつひとつの尻尾をつかまれ、崩壊し、壊滅したであろう。伯父のことを一概には云えない。抵抗の必然性は、自身でそれの創造者となったものだけがつかみうるのである。必然性、つまりある仕方でしか存在しえないもの、それは決して人を拘束するものではない、生かすものなのだ。孤独な作業の過程で、人は人々のなかに出てゆけるようになる。

皆がそうだから、あるいはその方が正しく思われるからなどという受身のあり方は、計算機械みたいなものだ。自ら必然性を創造出来ぬ自由は、自由ではないだろう。

創造者、創造的な領袖をこそ崇めねばならぬのだ、被造者ではなくて。去る六月三日、国民党中央監察委員会は、三月二十九日から四月一日まで漢口でひらかれた臨時全国代表大会の決議に基いて、多くの追放されていたり投獄されていた政治関係者の国民党党籍を恢復した。そのなかには、共産党員の、陳独秀、張国燾、彭述之、鮑慧僧、周恩来、林祖涵、毛沢東、葉剣英などの名がある。このたびの戦いに於て、戦いの思想、観念の創造者にいずれがなるか。六月九日に、国民政府は漢口の危機切迫せりとして漢口に残留している政府各機関に対し、四川省重慶及び雲南省昆明にそれぞれ移転せよとの命令を発した。そして蔣首席は漢口退却に際し、軍民に訣別声明を発した。これらの事態を、わたしは深い憂いのまなこをもって見ざるをえない。次第に政府は、援助を与えてくれる諸国及び敵の運動自体に依る、つまり戦争それ自体にとり憑かれ、依存した被造物と化してゆきつつあるように思われるからである。わたしの愛国心、笑うなかれ、（積極的な）――積極的でない認識というものがありうるか――認識論より発したる愛国心。

こんなことを云うのも、わたしの精神のどこかに、戦争によって妻子を失い奴僕と化したにも拘らず、戦争の重大さそのものを頑強に疑うものがあるからであろう。たしかに戦争、敵対行為、それに伴うありとあらゆる残虐、あらゆる死は、悲劇的であり、残忍で、劇的で、悲惨でありまた騒々しいものではあるが、どれほど重大か、またそれ自体歴史を、一民族の運命を決定するほど重大であるかどうかについては、実際には疑問の余地のないことながら、強く疑えばなお疑えると思うのだ。戦争には、どうやら芝居がかった部分が、大いにあるようなのだ。芝居がかったものは、事物や時間の質や方向を変えはしない。わたしは蔣首席の、漢口訣別声明の、あまりに悲愴な調子にいささか困惑を感じる。しかも案じた通り、漢口の軍民の動揺が激しいため、六月二十三日にいたって政府の重慶移転は一時延期された……。政府は、戦争にとり憑かれて、中国自体の歴史の道行き、時間の進みについての認識を見失っていないか……。

七月三日

今日のわたしは、抒情的だ。いや、これはもっと後で書くべきだった。

桐野中尉が、今朝はやく安慶へ行った。安慶は六月十二日に陥ちた。二十三日には、湖口が陥ちた。この分では、今月末頃には九江が陥ち、武漢三鎮も、秋には陥ちるであろう。敗走千里。敗風は全国を吹き荒《すさ》び、人々の心のなかを埃っぽく吹き抜けてゆく。政府が二つに割れているという情報を聞く。

中尉が安慶へ出張したことを知ったのは、実は伯父の口からだったのだ。偽政府の衛生部につとめる伯父が、敵軍とともに赤痢やチブス、コレラの猖獗している安慶へ十日ほど前に行ったのは、別に不思議ではない。恐らくいたるところで彼は、もっとも安直な伝染病撲滅法である、放火をやってあるいているのであろう。病気の発生した村や、都会ならば一区劃を封鎖し、これを焼いてしまうのだ。寝たきりの患者は、生きたまま火葬である。しかし衛生部につとめる伯父が、どうして、しかも十日も前に、情報将校である桐野中尉の出張予定を承知していたのか。伯父の、この頃の贅沢さ加減は、衛生対策として薬品を使わずに、放火を事として薬はぜんぶ黒市《やみいち》へまわすという、それだけのことで説明がつくか？　つかぬ、とわたしは判断する。恐らく彼は、もっともみいりのいい特務機関に足をつっこんだのだ。そうして彼は桐野中尉と接触したのだ。そうすることによって、彼はまた、わが家を、この家を、家財をわが物にする機会をつかもうとしているのだ。敗走千里、戦争は、先の見透しもつかぬくらいに長びく。とすれば、おれは大丈夫、と伯父は考えているのではなかろうか。敵特務機関と伯父、このことはわたしをぎょっとさせるに充分である。怖れさせさえする。敵の特務機関が怖いからでもなく、家をとられ、漢口の兄に叱られるのが厭だからではない、はっきり云えば、わたしは彼を処分しなければならないからだ。伯父は、わたしがそのような仕事と技術をもっているということを、知らない。知らせてはならない。それだけになおわたしは、厭なのだ。伯父のあのいつも口のはたにねっとりと溢れ出てへばりついている、白い唾液が、わたしの心にねっとりとへばりつく。

中尉が留守になり、ひまにもなったので、Kをはじめ、わたしと連絡のある諜者をひとりひとり別々に、莫愁湖の湖畔や旗亭に呼び、私生活上の相談をいろいろした。Kだけを除き、みながみないちど田舎へ帰りたい、妻子の顔を見にゆきたいと云う。当然である。ひとりひとり別々に、時期を違えて帰ってもらうことにする。

注意すべきだ、われわれは、はや疲れて来ている。だから最初の、そして恐らくいちばん手痛い打撃が近いうちに来るものと考えねばならぬ。それが来る前に、充分休息をとっておかねばならぬ。田舎のある者は田舎に帰り、妻子のあるものは、炉辺へ帰った方がいい。

ところでわたしの炉辺は。それは莫愁湖なのだ。わたしと妻は、結婚以前から、よく莫愁湖へ散歩にゆき、湖畔や旗亭のあるあたりを、屢々さまよった。妻の本名は清雪というのだったが、いつのまにかわたしは、この湖のほとりに住んでいた六朝時代の女流詩人莫愁の名を借り、彼女を莫愁と呼ぶようになった。

莫愁湖は、わたしたちのふるさとなのだ。そのほとりで、わたしたちは互いに捉えがたい気持を抱いた。愛が、ひとつの世界がわたしたちをとらまえた、わたしたちの魂がそれを創った。わたしたちが創ったものに、わたしたちは「愛」という名を与えた。名を与えられてから、それは存在しはじめた。愛が存在しはじめたその湖のほとりも、掘りかえされ、つき崩され、夏艸のなかに不発砲弾がかくれていたり、赤錆びた戦車の屍が艸の上に頭を出していたりするのだが。

さてところで、今日、日付けを記すとすぐに書いた抒情という奴にとりかかろう。ありていに云えば、とりかかろう、というのは、つまりはそいつを退治してやろう、堅硬な観念にまで還元出来るまで追い詰めてやろうというのだ。ある種の詩や小説がそうであるように、エモーショナルな、感情的なもの、情緒的なものを拡大拡充することは、いまのわたしにとって望ましくない、衛生上も、わたしの処世上にもよくない影響を及ぼすにちがいないから。そして戦乱後はじめて、つまりは莫愁が死んでからはじめて行った莫愁湖で、わたしがえた抒情を退治しようとすることが、故人の意に添わぬことであるなどとは、思わぬ。曖昧なものを残していたのでは、そこから愛は腐ってゆく。

——失ってはじめて真にそれを獲得する、ということがある。

これは、あらゆる抒情詩人の発想の根柢にあるもののようだが、そしていまわたしはそういう発想の仕方に含まれている、幾分かの甘え根性を摘出し、それを否定し、拒否しようとする。そういう発想には、必然的に、獲得された或るものを、失われた者あるいは物がつくってくれた、得させてくれたという被造物意識がつきまとうからだ。

もしわたしに詩をつくる才能があったとしても、わたしは決して莫愁のための挽歌も鎮魂歌もつくらない。むしろわたしは、馬羣小学校から、集団脱走を企て、死と酒に酔い痴れた敵の手から逃れ、トラックのヘッドライトと機関銃弾に狙われながらも、とにかく生命だけは無事で鉄条網を越え、畑地に出て野曝しの棺のあいだに、殺と姦とをもとめて手に手に懐中電灯をもって彷徨する敵兵を避けて死伏していたとき、咫尺《しせき》の間に、見た、あの雪の夜の首うなだれた白い馬——その後には、暗い天空を飛ぶと見えるようになった、白い馬の像をこそ描き、詠いたいと思う。それはわたしたち一家の絶後の和合を描き、刻むことだからである。

しかし、失ってはじめて——滅亡によってわれわれは多くのものを学ばねばならぬ運命にあるようである。祖国の滅亡、家族の滅亡、しかしこの運命のなかに溺没してはならぬ。滅亡は人間とその文化を一瞬にして、あるいは徐々に物質化してしまう。

莫愁との関係において云えば、わたしにとって家庭とは様々の知識や経験をもち帰って、そこで再確認をし、それらのすべてを肉体化するための場所であったわけだ。

　このわたしに世界を開示してくれ、それを確認するのに力を添えてくれた莫愁は、しかし敵兵に姦され、死んだ。わたしはそれを見届けたわけではない。それ以前に、わたし自身、金陵大学の安全地帯構内で電線で貫珠され、トラックにひきずり上げられていたのである。

　が、彼女は死んだ。死んで物質と、化した。

　滅亡が、単に全的で徹底的であるならば、恐らく滅亡ということばも生れ出ない筈である。あるもの、ある人間の、ある国の滅亡が、その全的徹底的滅亡の寸前に、その滅亡なくしてはありえなかった、まったく新しい価値、まったく新しいものを生みえなかったとしたら、滅亡に何の価値があろう。わが中国の歴史は、特に近代史は滅亡の歴史である。そのときどきに新しい価値を生んで来たのだ。

　奇怪なことだが、いまわたしは、泉から水をでも掬って飲むように、両の掌をならべた。そのなかに、莫愁と英武とが死して化した物質、その結晶が載ってでもいるかのように。

　追憶はまだその甘味を失ってはいない。その体臭もなめらかな肌ざわりも、その汗や体液の粘りをも、正確におぼえている。

「英――諦――」

と物憂げにわたしの名を呼んだ、その声音もあきらかに耳に、在る。

子宮のなかでの、やすらいと、絶えざる創造との、その宇宙。

そして、死。

不図、わたしは思うのだ。

たとえば液体、たとえば石油がある。

石油は、それに加えられる、あるいは減ぜられる熱によって、気体、焔、煙となって消え失せる。

人間の死を、それも愛する者の死を石油や何かの、つまり物質の水準、系列において考えることは、礼を失したことであろうか。たとえ間違っていたにしても、礼を失するとは、いまの場合わたしには思えない。

熱を加えられて、石油は宇宙のなかに消失する。

それでは、その石油は、まったく蒸発し、無くなったか、虚無に帰したか。なるほど無くはなった。容器はからになった。この家に莫愁英武は、いない、彼らを感覚することは、出来ない。しかし、何と考えたらいいか、その石油は、矢張り在る。宇宙には、その石油をかたちづくっていた原子は、決して破壊されずに存在している。匂いや手ざわりなどの属性を剝ぎとられた、赤裸なかたちで。また、その原子さえが破滅させられ、分解分裂させられたとしても、われわれにまだ知られていない、新たな価値となり、つまり新たな配置をとったのだと考えて間違いはない筈だ。それはこの宇宙を離れてはいない。いまこの宇宙と書いたが、あの宇宙というものもあるかもしれぬ。あってもかまわぬ。

破滅、滅亡と宗教。

しかし、奇態なことになって来た。

途轍もない間違いをしでかしているのかもしれぬが、かまわぬ。

莫愁は、此処にか彼処にか、なんとしても何処かには存在している。それは電子の運動のようにわたしに干渉し、恒に働きかける。それはほとんどわたしの感覚に働きかける。

けれども、死せる莫愁の存在(?)自体は、現実に色も声音も、触覚的な属性をも、すべて取除かれ、排除されてしまったものである。それは空間を占めていない。(滅亡とは、物質の秩序に於てはこういうことになろうか)では、いったい何が莫愁であるか。これである、と限定出来ない、自由な、無限定な、幾何学で云う空間のようなもの、高度な物理学の扱う時間のようなもの。その両者が同質となったもの。つまり、それは影像や心像ではない、赤裸の一観念だ、ということになりはしないか。それは、それに近接する観察者、たとえばわたしならこのわたしの変化に応じて変化し、それの変化に応じてこのわたしもが変化するかもしれぬもの。あらゆるものを追い詰め、還元しうる限りまで煮つめてゆけば、一切は一切との関係に於て存在するという、平凡だが相互に連鎖した結晶のような景色《けいしょく》が出現して来る。つまり星辰の世界だ。恒なるものとは、赤裸の観念の謂いではないか。あらゆるものは、コレクティヴに、痛切にコレクティヴに存在する、これは怠け者の考えではない筈だ。わたしは、人間を、愛を物質の水準、秩序で考えることに、懸命に堪えているのだ。

　まったく無意味な大量殺人を目撃して来た者は、何の威厳もなく――威厳だと？　威厳など猫に食われろだ、――物として処置されうる、そして事実、処置されてしまった人間を、物質の秩序のなかで考えることに堪えなければならないのだ。その痛切さからしか、わたしは人間を、見得ない。戦争手段の発達は、おそらくますます人間を物質化するだろう。残虐ということばを不可能にするだろう。池さらえをくった魚だ。

　しかしそれにしても、みまかった者に対する愛惜《あいじゃく》を語るにしては、何という奇妙な記述の仕方だ、という人が必ずあるであろう。

　風通しの悪い地下室の思考、極度に主観的な独白、真面目な阿呆、という人もあるであろう。わたしは、あちこちに曖昧なマテリエルを糊ではりつけ、糊の必然性と弁証でもって、空想をば、あたかも充足した内面的一世界であるかのように見せかけ、内的存在面《づら》を誇る語法を好まぬ。莫愁は決してわたしのうちがわに内在したりはせぬ。いま彼女は、あくまで外的な一観念なのだ。彼女のことは、匂いもかたちも手触りもない、硬度の高い観念の語で語ること。

いまはじめて、わたしは莫愁英武の墓を建てることを考えついた。そしてむかし読んだ本のなかに、死んでから次のような墓碑銘を刻んでもらった少婦があったことを思い出した。なまなかな生者よりも、もっと濃密な存在を顕示している碑銘であった。

J.—A.—T.—, fille de T.—
qui ne s'est jamais reposée,
se repose ici.
SILENCE

J・A・T某、T某の娘なり、嘗て憩いしことなきに、いまここに憩う。語らず云わず。(語るなかれ、云うなかれ)

七月七日

七月七日、第一回七・七記念日。

去年と比べて、何とすべてが変ったことか。

七月七日。牽牛、織女。

わが妻は英武なる小衛星をひきつれ、遂に生れ出でざりし生命を孕みしまま、白馬の案内により星辰世界を周行す。中国の天は血に満ち、日本の天は煤煙に満つ。

七月十日
中尉はまだ帰って来ぬ。

真紅に燃えた夕陽が、今日最後の熱を紫金山にふり注ぎ山巓の革命記念塔をも熔かそうとしているかに思われる。太陽は熱度を増して、一切を熔かそうとしている。人はもとより、山も岩も土も江河も都市も城壁も、どろどろに熔かし、地球内部の火と呼応して爆発を起させようとしている。わたしは、古い云い方を用いれば、心焚膏《しんふんこう》の如く眼枯れて涙なく腸結んで断えんと欲し復《ま》た自ら主たらずの境、にある……。古語でしか語れぬ。太陽よ、早く長江に身を投げ、わたしに夜を与えてくれ。長江が引受けてくれぬようなものは何ひとつないのだから。

午後、家のまわりをさまよい、なかをうかがうらしい人影を認めてわたしは窓から首を出した。

去年の十二月十三日の夕刻から姿を見せなかった、召使の洪嫗だった。桐野中尉の留

守に訪ねてくれたことをわたしは感謝した。奴僕の恰好をしているのを見て、

『まあ、旦那様……』

などと大仰にやられてはかなわないから。

しかし、洪媼は、わたしの顔を見ても一向に嬉しそうな顔を見せず、むしろ陰気で、何か非難するかのような口振りであった。わたしがこともなく生きているのを非難しているのか、と思った。

洪媼は、英武の断末魔を見届け、葬ってくれたのだ。彼女の語るところによると、十二月十三日、日軍入城とともに彼女はその入城の仕方と市街に漂うものにただならぬものを感じ、古老に聞いた太平天国の乱のときの大殺戮をふと思い出し、怖ろしさに矢も楯もたまらなくなり、わが家をぬけ出した。悪いことをしたと思いながら、泣く泣く浙東の田舎へ帰った。そして二月に入ってから、再び南京へ帰り、わが家へ来てみた。が、わが家はもぬけのから。さいわいに掠奪をまぬかれているのを見届け、それから、日本人の商人に拾われてそこへ阿媽として住み込み、現在にいたった。ところで、三月十二日——そのころわたしは日軍の軍夫として荷担ぎをさせられ、方々をさまよっていた——、洪媼は買い物に出ての帰り、日本軍兵舎の炊事場裏を通りがかった。炊事場の裏口には、饑えた難民や浮浪児がたかっていた。黒山のようにたかっていた。難民のあいだで、毎日のように起る争いがはじまった。残飯を搶《と》るについては、強者は去って復た

来り、老弱幼少は日暮れても一粒をも得られないのがつねだ。洪媼は、しばらく立ちどまって見物していた。日軍の番兵も、面白いものを見るという風で、にやにや笑って見ていた。突然、食を争う難民浮浪児の群れのなかから、煉瓦が飛び、番兵の横面を、耳のあたりを打った。怒った番兵は、難民浮浪児のなかに飛び込み、だれかれかまわずに突き刺し、殴り倒した。難民は潮のひくように、すっとひいていった。二人の女児、三人の男童、一人の大人をのこして。いずれもが血を流していた。なかで一人だけ、既にこときれていた。靴はなく、足は凍傷に崩れ、衣は破れ、垢は身体に満ち、髪は耳を蔽い、深くくぼんだ眼は瞠《みひら》いたままだった。手にはかたく空鑵のふちをつかんでいた。空鑵のなかは、からだった。口と下腹部から血が流れていた。それが英武であった。近くの麦畑のなかに穴を掘り、洪媼は英武を葬った。

年よりも早く、わたしもとみに髪に霜を加えているが、白髪のぐっと増した洪媼は、髪をふりみだして、

「わたしはそれを見た、神も仏もない」

と云った。

わたしは、身が顫え出し、汗を流し、ほとんど失禁しようとした。顫えはとまらず、顔面筋肉は痙攣し、口許の如きは、われとわがものとは思えなかった。窓枠にしかとつかまって乾ききった庭を眺めていた。

洪媼に案内されて、その地へ行ってみた。遅蒔きの麦が一面に生いしげっていた。そこだけ、麦は黒にも近い色を見せ、旺んな勢いを誇示していた。丁度居あわせた年老いた農夫に幾何《いくばく》かの金を払い、その地の麦を買い、刈りとって地を掘った。屍を覓《もと》めた。深くはなかった。腐り残った衣類の断片と、細い骨に、艸の根がまつわりついていた。

どういうわけか、向いの家の池さらえをくった魚とその骨を思い出す。

午後八時、まだ外は昏くない。空にのこる光りには、悲しみの色が漂っている。わたしがそれを空に、投射しているのだ。人を信ずべき百千の理由がある、人を信ずべからざる百千の理由がある。

空の光りが消えるとともに、悲しみの色もまた消えていった。空の高みに、蒼白く冷たい星が一つ二つ光っている。

日が沈むとは、明日また上るということだ。朱く爛れたような、巨大な月が上って来た。眼をあげて見よ。

星、月、大気。

星、月、大気、季節、生、死。秩序は、そこにある……。麦は成育し、やがて実り、青葉は紅葉する。暁は日の出を告げる。やがてまた一日がはじまる。祈ることは、働くことだ。朝、眼覚めるとは、もういちどこの秩序を信ずるということだ。この秩序のなかでもういちど、働くということだ。死者をして自ら葬らしめよ。祈り働いて星辰の、物質の秩序に至る。この自然と労働の秩序を乱すものを絶滅放逐せよ。祈るとは、どこかへ、たとえば金属と岩石の世界や山川艸木の世界へ脱け出したりすることではないのだ。莫愁よ、君の手からもぎとられた英武は殺された。やがてきっと誰かが君の最後の消息をも知らしめてくれるであろう。

この夜、眠れず。幻視幻聴は、もう来なかったけれども、醒めきった、しかし熱い頭で、向いの空屋に放火し、焼き払ってやろうか、などと考えていた。おそらく、向いの洋館の、例の敵前逃亡将校一家が戻って来て、わたしを認めたら困るな、とときどき考えたことが、今日のことといっしょになってそんなことを考えさせたのであろう。わたしを行動に衝きやる意欲の根源に、例の幻視幻聴的な錯乱が忍び入ったものとすれば、これは一層つよく警戒しなければならぬ。政治工作者の行為行動は、庶民の眼から見た場合、実に屢々、被害妄想狂的であったり、幻視幻聴的であったりする。

七月十五日

夕刻近く中尉が帰って来た。背広で。

衝撃の連続である。しかし、来るものが来た、という感じだ。わたしは落着いている。

先ず、中尉は従卒（島田という名だ、ずんぐりした二十一、二の男）を通じて料理を二人前つくれ、と云って来た。客をするらしいな、とわたしは思った。それで、日本料理か、中国料理か、とわたしは問いかえした。わたしは、島田にならって、どうやら日本料理みたいなものをこのごろはつくれるのだが、島田は中国料理だ、それも『上等』のをつくれ、と云う。それで、両湯八菜を計画した。莫愁が生きていた頃、彼女はわたしが台所に入ることをいやがったが、それがいまわたしを助けている。

どうにか料理を準備し了えた。

だが、客は誰も来ない。

島田に聞いてもらった、お客は見えないようだが、用意をしてもよいかどうか、と。よろしい、という返事であった。

テーブルに料理をならべた。わたしは、従卒の労をねぎらうために主従対等で食べるのか、と思っていた。

ところが、席についた中尉が島田に何か云った。日本語の理解力が大分増してはいるが、わからなかった。わたしは島田の顔を見た。素朴な、農民らしい島田の顔が、瞬間泣き面みたいな、奇妙な渋面となり、やがて食堂を出ていった。

突然、桐野中尉が眼をあげてわたしの顔を見た。そしてゆっくりと、明確な、しかし何訛りとも云えない訛りのあるアクセントの、英語を云った。

「Sit down, please, Mr. Chen……」

わたしは自分の耳を疑った。そして英語で云うOriental face 東洋流無表情とでもいう顔をつくって佇立していた。

わたしは、無言。

「Mr. Chen……陳先生」彼は英語で続けた。「英語が工合が悪いようでしたら、中国語、いや、これはあなたの日本語ほどにも進歩しません。ですから、独語か仏語の方がいいのかもしれませんが、遺憾ながら読めても話せません。英語もお恥しい程度の代物ですが」

わたしは無言。坐れと云われた椅子の背に手を置いて立ったまま。

「あなたのことは、安慶である弁護士から聞きました。誰に、とお聞きになりたいところでしょうが、それはあずからせて下さい。この家の召使だったというあなたの言葉をそのまま信用したわたしがいけなかったのですが、非礼な点がもしあったら、それは許して頂きたい。……何か返事をして下さいませんか」

「料理を召上って下さい、冷えます」

中尉にわたしの身分を告げたのは、あの伯父にきまっている。伯父は弁護士に転業するのか。

「とにかく、これからは、いくらなんでもあなたに召使の仕事をして頂くわけにはゆきません。あなたも何か別の、もっと立派な御仕事、聞けば海運貿易関係の仕事で諸外国においでになったこともあるそうですが、何か御仕事がおありと思います。それにいまはあなたのような知識人を中国は必要とする時期と思います」

わたしは、無言。(どうしてもこの家を出なければならなくなったとしても、無電機をもち出すことは、一人ではかなわぬ。また時間もかかる) 島田が無骨な手に盆をもち、料理を運んで来た。島田のいるあいだ、双方無言。まだ、箸がつけられていないのを見て、不思議そうな顔つきを見せる。わたしの顔を、胡散くさげに眺めやる。彼がテーブルに皿を移しているあいだに、わたしは少しずつ後ずさりして、直射光の届かない、壁際にいたる。壁に背をもたせかけて手を前に組み、わたしは対策を考える。さして愕いていない自己を確認。

「この家、いや、この、あなたの家、正確にはあなたの兄さんの家だそうですが――広くて、三階建です。そこに、いまのところ、たった三人が住むだけです。あなたは、階下の召使部屋においでになる。その必要はありません。三階の、あなたのお部屋をお使い下さい」

わたしはかすかに頭を横に振る。

「命令したり強制したりはしません。あなたのことをわたしに告げた人は、自分たち家族も住まわせてくれ、と云いましたが、わたしは拒否しました。調べてみたところ、その人はその人なりの家をもっていましたから」

「…………」

「御家族が不幸な目に遭われたそうですが……。お悔みを申上げたいと思います」

日本兵がこのように鄭重でありうる筈がないなどという者は、莫迦者である。中尉は続けた。それまでは、内気な人らしくわたしの眼を避けていたのだが、今度はきっと顔をめぐらして壁際のわたしを注視して、「そして――遺憾なことですが、もし相変らず召使部屋に住まれ、召使の仕事を続けられるようでしたら、わたしはあなたを警戒せざるをえません。どうか、この家での、あなたのあるべき位置へ戻って頂きたい」

「…………」

また島田が入って来た。彼は、中尉が英語を喋っているのを聞き、わたしと中尉の顔を見比べて茫然。そのあいだに、無言のまま一礼してわたしは室を出る。

島田が追いかけるようにしてわたしの後について来た。台所に戻り、わたしはてきぱきと事を運んだ。先ず第一に、島田の手から盆を取り、こぼれた湯(汁)を拭いとった。ついで料理を皿にとり、足音をたてぬようにして食堂に入り、これまで通りの、ボーイとしてのサーヴィスをする。

「どうしても」と、わたしが部屋を出ようとしたとき、中尉が呼びとめた。「わたしの云うことを聞いて頂けませんか」

わたしは、決心して返事をした。

「わたしは兄から奴僕となって家財を守れと云われ、わたしもそれを望んでいるのですから、あなたの意向や好意の如何にかかわらず、わたしは奴僕の仕事をつづけてゆきます。この家のことをもっともよく知っているのは、わたしです」

「あなたは知識人です。いつまでも奴僕をしてはいられますまい、あなたの頭、思想がそれを許さないでしょう。その気持になられたら、その時期が来たら、三階のあなたの部屋へ、位置へ還って下さい。それまで待ちます、どうぞ御自由に。それから、島田をちょっと呼んで下さい」

島田はなかなか戻って来なかった。

わたしは台所で、落着いて食事をとった。

奇妙な、しかし後暗いところのないではない手続きを経て、わたしは主権を恢復した。その証拠に、戻って来た島田は、あたかもボーイ頭に相対するかのように、わたしに向って、

「陳サン」

と呼びかけた。

いままで、この農民の息子は、オイ、とよりほかの呼び方をしたことがなかったのである。素朴な、農村出の青年である。素朴な——しかしわたしは都市の労働者よりも誰

よりも、彼等の方がずっと残忍であるということも知っている。

主権者としての奴僕。まことにわたしは、被占領国民の典型的なあり方をとったわけだろう。主権者ということばの上に、この場合、潜在的、あるいは地下室のという形容をとりつけた方が、一層正確であろう。わたしの『頭、思想』は、この状態に充分堪えてゆくであろう。そして桐野中尉は、恐らく出先ではなく、家のなかに話相手となりうる一人の知識人を発見して、怖れと悦びの二つの感情を経験しているであろうことは、わたし自身を例としても推し測ることが出来る。

わたしは、中尉の留守のあいだ、屢々、まだ帰って来ないのかなア、と思ったことを告白しておく。それは、一種の、いや一種のも何もない、要するに親愛の念に近いものであった。この広い家にただひとりいて、わたしは中尉があつめて来た本、たとえばO・ラティモアやG・クラーク、R・H・トゥネイ、J・B・コンドリフなどの中国研究書を読み研究する――その目的のことはいまは措く――桐野中尉とディスカッションをしてみたい誘惑を感じないではなかった。

けれども中尉は、――皮肉なことに、ほかならぬこの中尉が、わたしの頭と思想と身体とを、奴僕の位置へはっきりと還してくれた。しかもそこへ還ることによって主権をも恢復してくれた。あの中尉は、中国人は利財に巧みであり、金銀を生命よりも大切にするという、日本で流布されているらしい莫迦げた伝説を信ずる人とも思えないが、兄の家財をまもるということを事毎に強調し、このわたしはひどい我利我利亡者である、という風に、ついに思うように、そういう風に時間を運んでゆこう。奴僕《ボーイ》としての最少限度より口をきくまい。その余のことは、沈黙。わたしは、あの長江のように黙々として事を運んでゆこう。わたしの長江には、妻や子やその他友人知己、同胞の万をもって数うべき人々の屍があとからあとから、無限に浮び流れているのだ。馬羣小学校に収容されていたとき、銃殺され刺殺された人々の屍の整理をやらされた。近くのクリークのなかへ遺棄するのだ。クリークには、フットボールほどの人血と膏とからなるあぶくが漂っていたのを思い出す。あのクリークも屍もあぶくも、ついには長江に流れ入る。莫愁と英武の屍も、流血しつつ、流れ、流れ、流れている。時間のように、流れながら永遠に存在している。

しばらく前まで、わたしは、恒なるものをもとめて、成育し、凋落し、流動し、動揺するもの、そういうものの一切を嫌忌するという心境にあった。だから、何でもかでも硬度の高いものを求めて、自分の世界が、岩石、それも大理石と硬質の金属とだけで成ったような世界であれかし、と冀《ねが》った。沈黙をではなく、音の無い世界を欲していたのであるらしい。しかし、沈黙とは、一つの言葉なのだ。何かをそれは意味する。黙ることは語ることだ。唖者は黙っているのではない。

八月五日

ちょっとでも気を許すと非道いことになる。昨夜怖ろしい夢を見た。そして夢の大部分は事実なのだ。日軍にさらわれて軍夫として荷を担ぎ、車輛をひかされて放浪して歩いた時、某所で日兵が娘を輪姦した。娘は、顔に糞便を塗り、局部には鶏血を注いで難を逃れるべく用意をしていた。けれども、日兵たちも、もはや欺かれはしなかった。彼等は娘に縄をつけてクリークに投げ込み、水中で彼女がもがくのを喜び眺めた。やがて縄をひいてひきずり上げた。糞便も鶏血もきれいに洗い落されていた。わたしは荷車に電線で縛りつけられていた。事おわってから、兵のうち一人が、

『いいじゃないか、お前も一挺やらぬか』

と云った。

その兵の顔は、用を済ませた獣と永遠に不満な人間との中間が、どんな顔つきのものであるかを明らかに示していた。失神した少婦は、失神によってまことに人間らしかった。しばらく後、少婦には冷水がかけられ、……。

夢では、この少婦の枕頭に、うなだれた、たてがみの長い白い馬を視《み》る。その馬の、瞠《みひら》いた巨大な眼。

つけ加えて云っておかねばならぬことがある。この淫蠱《いんこ》毒虐な景色からほど遠からぬ

ところに、二人の年老いた農夫がいて地を耕していた。二人は傍目もふらずに働いていた。一鍬一鍬、頭上高くふりあげて規則正しく地にうちこんでいた。一鍬、一鍬、彼ら二人がどんなに深く強く我慢をしているかが、眼に見えた。

内外ともに激烈な変動が起っている。政府は重慶に移転。財政窮乏のため、官吏軍人は減俸された。空軍と兵卒のみを据置き、他は三割から六割の減俸である。ということは、各人がそれだけを不正規な方法で補うということである。また、共産党は八月一日、西安の第八路軍参謀部で第七次全国代表大会を開いた。一九二八年モスクワで開かれた第六次大会以来、実に十年ぶりである。ところが、折柄、日軍の爆撃に遭い、列席代表の多数が惨死したという。喜ぶのは誰か。意外にもそれは……、日軍であるよりも、より……。わたしは、あのいつか来た、「鎌と槌」とを、それから、時間はかかるが「火の玉(白地に赤玉の旗のことだ)で星も鍛える」という刃物屋のことを思い出した。軍夫当時、わたしと同じ車に結えつけられていた若者。日兵の輪姦を眼前にし、血走った眼を大きく瞠いて惨状を直視し、両手で荷車の轅《ながえ》を握りしめていたあの若者。続いてあの若者の連想から、楊嬢のことを思う。楊よ、若者よ、無事なれ。

楊嬢の消息は知れず、あの刃物屋はどこでどういう工作をしているかわからぬが、この南京には、昨冬今春を支配していた直接的な恐怖とは別な、一種の恐怖戦慄心理《スリラー・コンプレックス》とでも云うべきものが漂っている。政府系や敵の憲兵、傀儡《かいらい》政府の秘密警察、特工、これらが入り乱れて、逮捕処刑をやっている。しかもその理由たるや、公表されるものはいずれの側のそれも簡単至極、犯人X、あるいはYは、国家の利益に害を与えたから、というにとどまる。そして国家の利害とは、どうやら敵にとっても、国民政府にとっても、共産党と関係したかせぬかということについてであるらしい。漠然たる恐怖、流言蜚語、噂、臆測、薄暗がりの会話。Kやその他の諜者たちも、何となく脅えている。巷の薄暗がりに恐怖戦慄心理《スリラー・コンプレックス》が漂っているのが、眼に見える。仄白い牛乳のように、薄明のなかにまじっている。この牛乳は、襲われた人には鋭い氷片か冷たい匕首と見える筈である。わたしはそれを、一九二〇年代、わたしの二十代の頃、国民革命、上海暴動の時代に経験した。

予期したことながら、伯父が真新しいパナマ帽に灰色の日避けパラソルをさして外見はゆったりと、しかし実はあたふたとやって来るのを窓から見たとき、心のなかで、にたり、とした。彼は何となくわたしのところへ来ないではいられないのだ。透明な空気のなかに、一筋の白い必然性の糸を見る。

わたしは云った。

「奴僕《ボーイ》は気楽です。掃除をし、洗濯をし、飯をつくり、器物を損わぬようにする、それだけを勤勉につとめていればいいのですから。奴隷の幸福さ加減がしみじみ身に滲みます」

と。嘘や皮肉ではない、伯父に向うとき、これはわたしの真実である。

伯父はおそらく相談に来たのだ、身の処し方について。そのほかに相談事などはありえない。けれども相手にへりくだられると威張らざるをえないのが、この肥満した男の性分である。彼はわたしの大切な情報源の一つである。彼は衛生部をやめて弁護士になろうかと思っている。彼は、何一つとして秘密というものに堪えることが出来ない。

伯父は既成事実について論じた。

「日本は勝っちまったじゃないか。秋になりゃ、漢口も陥ちるよ」

「…………」

彼は漢口の陥ちることを望んでいる。日本は勝ったじゃないか、と云って、彼は誰にもわからぬ未来、各人の意志によるしかない未来を不断に過去化しようとしている。まだ陥ちもしない漢口をすら、早く過去のことにしたくて仕方がない。わたしは彼を苛立たさぬよう慎重になる。

「日本は強い、仕方がないことだが。現実的にならなきゃいかんよ。事実が問題なんだ、事実が」

わたしを説得しようというよりも、彼は自分自身を納得させようと、わたしに向って努力している。

「誰しも平和に暮したいには変りはないだろうが」

平和主義者が敵国の戦力を頼りにする。事実を認めろ、と云う。わたしも事実を認めるにやぶさかではない。だが、わたしにとって事実を認めるとは、既成事実をより一層かためるために協力することではない。その事実を変えようと意志することだ。変えようとする権利がわたしにはある筈だ。権利は、あれこれの特殊な事実に根差すものではない。特殊と普遍をすりかえてはならぬ。普遍的な事実を勘定に入れない、特殊事実主義者、あるいは現在事実主義者(おかしなことばだが)——は、自分に有利な事実のみを取出し、邪魔物は、見事に避けてしまう特殊な才能をもっている。

「……だからわしは弁護士になろうかと思うんだ」

伯父が市の衛生部に入り、日軍侵入後、傀儡《かいらい》政府の衛生部に変ったのは、(どちらも同じことだ、傀儡政府といえども、行政権能の及ぶのは市内に限る)——、糞尿処理で儲けるためであった。いま彼は、不安にかられ、従って不安、つまり先に書いた恐怖戦慄心理《スリラー・コンプレックス》が市内に瀰漫するのを見て、不安によって儲けた方がいいと考え出したのだ。不安が、市内全部の糞尿の量よりも多いのだ。また、弁護士とは、いまの場合、要するにブローカーではないか。彼は日軍に協力してみた、が力は、権力はあくまで日軍のものであった。彼は、彼等は、権力の代理人でしかなかった。民衆に嫌われた。そこで、半分だけ彼は民衆の嫌悪をもわかち持ちたくなった。とりもち役をつとめたくなった。権力それ自体は異国の旦那様の持ち物であった。では召使は何を？　力にもたれかかった狡猾な詭計。子守が、奥様の眼の前では優しく赤坊をあやし、陰ではぴしゃりと撲りつける。こういう処世。協力者、漢奸はみな女性的な性格の持ち主だ。日軍という旦那がある。伯父のよく肥った尻に、ふとわたしは、女性の役をつとめる男色者を感じる。戦争は、侵略侵入は、死と性、血と精液の臭いに満ち、協力者は売春婦の局部の、あの饐《す》えた臭いを放つ。そして売春婦はすべて、宿命論者である。また協力者は、人民の眼から見て、無法な性行為から生れた私生児である。彼はこれからもあれこれと相手と仕事を変えるであろう。職業を転々とし、従って社会組織の外に出てしまい、不平分子となり、何でもあるが何でもないものになり、日軍の権力だけが彼を何者かであるものにする。すなわち彼は、政治家である。弁護士の次には、情熱的な政治家になるだろう。既に彼は政治家である。彼の意見は百度も矛盾する。彼は矛盾を苦にしない、これも当然である。彼は代理者代言人なのだから。風のなかの葉は風ではない。

「日本人は、われわれ中国人にくらべれば子供さ。本当は、なんとなくわれわれの底力を恐れてるんだよ。裏からうまくあやつればいいのさ」

わたしは一言だけ、まことをこめて云う。

「まあ、地味に暮したらどうです」

「地味に？　わしはボーイにはなれんよ、お前さんとちがって料理も出来んし、無骨だからね。それに、こんな時代に地味ってのはなんのことかね？　お前さんみたいに飼われているんならともかくも、わしは働いて、妻子を養わんならんからな」

「糞便の方がよくはありませんか？　糞便なら料理の次に来るもので——」

「地味だと云うんかい？　そうさなあ。しかし根もないことでまきぞえをくってる人が大分いるからな、弁護士だって要るさ」

ここでわたしは諦めた、尠くとも今日は。なぜなら、いま打撃を加えては危険だということもあるが、それよりもわたしの思想には、この伯父という材料を刻み直す力、技術と製作力をまだ伴っていないということを自覚したからである。技術と製作力が充分でないのに、魔神の力をも借りて、つまり躍起になることは、思想自体をも破壊してしまう。大理石が思うようにならないからといって大理石を軽蔑したり、これを滅茶滅茶に撲りつけたりする者は、錯乱者ではあっても彫刻家ではないだろう。思想は、意志と技術、製作力が、思想自体を遥かに超えていない限り、実現されはしない。ホモ・サピエンス、知識人よりホモ・ファベェル、製作人に至る道。

伯父は、『地味だと云うんかい？　そうさなあ』というところで口をつぐむべきであったのだ。一度踏みとどまるべきであった。彼がそのあとにすぐつづけて云った、不幸な人々についての、曖昧な、勘定高い同情(?)もそれ自体としては無下に否定出来る性質のものではない。が、彼の場合、その同情(?)は、宙に浮いている、丁度彼自身がそうであるように。けれども、宙には浮いていても、つまり現在は夢想の状態にすぎぬとしても、ついには行為に翻訳してゆくであろう。云い換えれば、伯父は自ら欲して小説的運命を辿ってゆくのではないか。自らの慾望、情慾にとらわれた人は、小説的であるのか。小説では、人物が不幸に襲われたとしても、読む者は爽快の感をもつことが出来るが……。伯父は爽快であるか。伯父は肥って、よろよろし、日避け傘をさすのも忘れて、汗をふきふき帰っていった。小説に干渉し得るものは何だろう？

それで、わたし自身はどうだろう？　わたしは小説的、登場人物的であるか、どうだろう？

自由と宿命は、二つの相対立するものである。けれども、少し離れてよく見れば、ただ一つの意志に抱合し得ることが見えて来る。自由は宿命を嚙み砕きつつ、絶えず自らを意志と化してゆくべきものなのだ。そして放置しておけば、宿命はたやすく自由を、従って責任を嚥下《えんか》し、人をあやつり出す。宿命論者は傀儡人形である。帰りぎわに、

「お前のことは、貿易屋だったと云っといたよ。あまり手非道く扱わぬように、ともな」

「海軍部は、今年の一月元日付で廃止になりました。もともとNaval Companyみたいなものでしたが」

「そうすると、元も子もなし、本式に失業かい？」

「いいえ、ボーイ業です」

「頑固だな、ははは」

夕食後、風呂の焚き口でぼんやりしていた。日本式の風呂というやつは実に困ったものだ。洋式のそれと違って、湯のなかでではなく、外で石鹼を使うのだから、浴室の床は濡れ放題である。また桐野大尉はベッドでは眠り難いと称して、床の上に更に一尺ほどの床をつくらせ、寝室の半分にタタミをしかせた。屋上ではなく、床上に床を架し、更にその上にタタミを置く。複雑な生活だ。近頃はそこに坐して食事をとり、そこに、じかに蒲団をしいて眠るのである。

島田が呼びに来た。遠慮したような、具合の悪そうな声で、

「陳サン、大尉が呼んでる」と。

そうだ、桐野氏は近頃進級したのだった。

桐野大尉は、ユカタを着てタタミの上に坐っていた。胸をはだけ、くつろいでいるのだが、核心は少しもくつろいでいない。彼はわたしに煙草をすすめる。これはわが国人との交渉によって彼が覚えた習慣の一つである。わたしは煙草を吸わない。煙草がなくてはかなわないとなると、この地下室には十分もいられないであろう。彼はわが家を日本化し、われは彼に中国の習慣をおぼえさせる。彼は少し酔っている。

しばらく沈黙。やがて、佇立したままのわたしに、壁にかけた草色の軍服を指さして見せ、

「この服を見ると、見るだけでも気持の悪くなる人がいることは、われわれは知っていますよ。なにか異物、蛇か蜥蜴が家なかに入って来たように思うのでしょう？——しかし、協力すれば不快ではなくなる筈です」

低い、呟くような声である。

わたしは、影のように無言、沈黙に意味をもたせないようにするには——。

「実際、われわれはこの南京で相当なことをやった」

桐野はテーブルの下から上海の租界で出ている英米系の新聞や、ニューヨーク・タイムズやマンチェスター・ガーディヤンなどの新聞の束を取り出し、どさりとわたしの足許へ投げ出した。どれにも写真とRAPE, MASSACRE, NANKINGなどの大文字が刻みつけてある。

「この通りです、そうでしょう」

顔を歪める。嘆いているのか、嗜虐に慄えているのか、読みとれない。両方であろう。

「われわれは、あまり多くの人に愛されているとは思いません。われわれの使命、傲慢な蔣政権をうち倒して……」

ちょっと、詰った。気がさすのであろう。

「われわれの使命に敬意を払い理解してくれる人でも、なるべくはかかりあいにならぬようにしています。それも知っています」

「しかし、この南京で、いやわが軍の占領地区で、われわれの行政によって、われわれの援助によって、またわれわれの慈悲で生きている人間に、批判をするのが許されるとしたら、それはあまり虫がよすぎるというものではないでしょうか？」

宣戦布告である。大尉が英語で喋っているので、しかもその英語が日常用語ではなく、本の中にしかない云い廻しを使っての話だから、何となく筋立てが明快で、礼を失してもいない。危くだまされるところであった。言葉の奥の方には、烈しい憎悪、軽蔑、それに、異常なまでの劣等優越両様のコンプレックスが渦巻いている。何とわたしは鈍物であったことか、金属か岩のように鈍感であった。わたしは不意に直感した、この男は、自ら手を下して拷問をやったことがある、と。あるいは、今日、彼はそれをやって来た！　それで、気持が落着かないのだ。口許が軽く痙攣している。坊主刈りの頭が、何か残忍なものに見えて来る。眼鏡をとってユカタの裾で拭う。顔を汗がつたって流れる。

「われわれは同文同種の……」

云うことがすぐ月並になる。同文同種だと——、彼等がわれわれの文字を借りていって使っているだけのことではないか、同種などでは到底ない。が、わたしは顔の筋一つ動かさない。筋一つの動きでも、彼の劣等感をそそるに充分な筈だ。彼はこんなにも否定的な、それ故に攻勢的《アグレッシイブ》な人間観の持ち主であるのか。否定的になるためならば、被害者たるこのわれわれの方がどれほどか多くの経験をもっている。

「事故があったとしても――いや、事実ありましたし、それによってあなたの御家族は不幸な目に遭われましたが、しかし、あなた方自身の歴史にも、太平天国その他の残虐事件があります、いくつも、ね」

口実をさがすためにしか歴史を学ばないのか。後向きの姿勢で歴史を勉強する。ここにも後向きの予言者。

「とにかく、われわれの国の総力を傾けてアジアの責任をとろうとしているのです」

責任――つまりその内実は、強圧、説得、賄賂、すなわち、テロ、宣伝、買収。ここには低声で語られる脅迫。

しばらく黙ってから、やや大きい声で、

「しかし、どうしても信じられませんね、わたしには。あなたのような、海外にもいったことのある知識人が(彼は海外ということにひどく拘る)いかにお兄さんの家財を守るとはいえ、ボーイに甘んじておいでになれるとは。第一、損ではないですか、政府に入れなどとはわたしも申しませんが、せめて商売でもやられたら如何です。いかに不幸な目に遭われて厭世的になられたとしても、こうしておいでになることが亡くなられた方々を弔う所以だとも思われませんが」

事実わたしは、しばらく以前は、金属と岩石の非情な世界か、艸木有情の世界かへ脱れ出ようかと考えていたのだ。一言だけ口をきくことにした。部屋を出るのに、よいきっかけを与えてくれたのだから。聞えるか聞えぬかの声で、

「わたしは妻子を愛していました。じっとしていたいのです。……財産も大切です」

「…………」

今度は桐野が黙った。彼は彼の妻子のことを想ったのだろう。

わたしは彼が投げ出した新聞を片付け、部屋を出た。氷を入れた水差しをもって再び上ってゆくと、彼はウイスキーを飲んでいた。わたしがテーブルの上に水差しを置くと、彼はどさりと仰向けにねた。フンドシと称する、南洋人のするような一枚の細長い布があらわに見え、股間のものがだらりと垂れ下っていた。何となく淋しげに見えた。馬や牛のように、力、権力はあっても、満足しきることの出来ない動物特有の淋しさ。わたしもまた動物のように憂鬱である、この地下室で、いかにわたしが主体的に統一された積極的な人間であり、生きて存在するための理由に事欠かぬ人間でありえても。一度でいいから、手足を大地にぴたりとつけ、虎のように吼えてみたい、両手をさし上げて、オランウータンのように叫びたい。

夜九時半をすぎても、一向に涼しくない。

風は体温よりもまだ高いかに感じられる。紫金山の岩石の熱が下らぬのだ。熱風が空

に渦を巻いている。

息苦しくなったので、門のところまで出てみる。と、二階の、大尉の部屋の次の部屋の窓があき、島田がまるい顔をつき出した。

「白想去《ベシャンチィ》か？」

と云う。散歩にゆくのか、と云うのだ。首を振ると、大尉が酔って眠ってしまったから、ちょいと出掛けたい、秘密だよ、と云う。淫売を買いにゆくのである。どこで掠奪したのか、だぶだぶの絹の中国服を着込み、いそいそと出てゆく。

わたしは、白想にはゆかず、漂白されたように、戸口の石段に坐って、涼を、とる。熱風の渦巻くその中心で我慢し、堪えぬくこと。

南京城は、城壁に囲まれた一つの熱風炉であって、そこでは人間の血も精液も、汗も、要するに人間が外部に吐き出し得る一切のものがどろどろに熱せられ熔け混りあい漂い、その上に、怒りや嘆きや悲しみやの濃いガスがかかり、このどろどろは家をも人をも溺没させ、いまにも城壁を越して熔岩のように長江へと溢れ出てゆこうとする——薄闇にそんなまぼろしが浮ぶ。

時がすすみ、やがて風が変った。長江の方から吹いて来る風の方が勝ったのだ。冷たい空気が一条の槍のように進んで来て、一瞬のうちにあたりの熱を下げた。冷風は次第に強まり、はげしさをました。空は満天の星辰世界。眺めているうちに、独逸ケルンの大伽藍《カテドラル》で聞いたバッハの受難楽《パッション》を思い出す。あの受難楽《パッション》は、決して受動的《パッシイブ》なものではなかった。それは、まったく音楽などというなまやさしいものではなくて、堂宇のなかを縦横無尽に吹き荒《すさ》ぶ暴風怒濤のようなものだった。大伽藍が揺れ動くかと思った。聞くなどというより、何十尺もある巨大なパイプから、咆哮するように奔出して来る響きの波にさらわれぬよう、前の椅子の背につかまっているのが精一杯だった。音楽と建築が一つのものになっていた。音の嵐のなかで、もろ手をさし上げ、腹の底から叫びたくなった。

この南京城は一つの堂宇であって、長江は延長三千百五十八哩の長さをもったパイプオルガン、それは筏をのせ、船をのせ、またすべてをのみこみ、そのなかには、むかし汨羅《べきら》にひそんで人に姿を見せなかった五尺の鯉も、無数のはらからをひきつれて泳いでいる。六億の人々の只中を冥として流れ、存在している。われらの受難をして、復讐と建設の音楽たらしめよ。

神があるかどうか、
神よ、死せる者をも含めて、われらの知れる人々のすべてに加護あらんことを。
吸いとられて麦になってゆく英武よ。

この夜、島田は帰って来なかった。淫売窟の出口で刺殺されたのだ。ひまさえあればアメリカの奴隷哀歌《ニグロ》に似た歌をうたっている無邪気な男であった。

⁂

八月十七日

今日もわたしは、わが子、英武が埋められている畑へ行って来た。一日に一度、何とか都合をつけて立寄るのが、習慣になったようだ。

そこへ行くと、心が鎮まるのだ。奇妙なことだ、と云う人があるだろう。敵に惨殺されたわが子が埋められているところへ行くと、気が安まるなどとは、実際おかしなことだが、事実その通りなのだ。灼熱した金属が、次第にわたしの心のなかで冷えてゆき、重さを増してゆく、とでもたとえたらよかろうか。

だから今日、あの麦畑の草採りをしていた老農夫が、珍らしく口をきいて次のような話をしたときにも、静かにそれを聞き、深くうなずきあうことが出来た。

「いつだったかはじめてお出でになったとき、掘りかえされたが、骨はずいぶんと細かったたな、まだ子供だったたかね？」

「五つだったよ。最後をみとってやることも出来なくてね」

「そうかね、そりゃあ……。わたしの子はバスの車掌だったが、制服の右の肩が光っておったもんで、兵隊だということで突っ殺された」

「右の肩が光っていたって？」

「そうよ。車掌だから集金鞄を右肩からさげておる。それで革帯がすれて光る。そいつを、鉄砲をかついだからすれたんだというて、とうとう突っ殺した。わたしと家内とは、膝ついて、手をあわせて、それを見ていたよ。あなたはまあ、子の死ぬのを見なかったというが、その方がよかったかもしれん……辛いものだからな」

「……そうか」

「そうよ。いくさの最中なら、兵隊だったなら、仕方がないということもあろうが、いくさが済んで、まだバスは動かねえから、息子は家の前でぼさっとしとった、そこをつかまえられてな、わが家の真前でな。人間をな、犬畜生みたいに、豚殺すみたいに殺しやがった」

「…………」

話しているあいだ、農夫はずっと腰をかがめ、下を向いて草をとりづめにとっていた。一度も顔をあげなかった。やがて話し了えてから、ほんの一瞬間だけ顔を見せた。見事に成育した麦のあいだに見えた顔は、漆をぬった古仏のそれのように黒光りに光っていた。

「しばらくは畑にも出なんだ。だけど、百姓はいつまでも愚図ついておれんから、出た。ところがすぐに戦車が来て、それから兵隊が来て、ずっと麦を蒔くことも出来なんだ。それで今頃、まるで二毛作みたいなことをやっとる始末だ」

そこでしばらく沈黙が続いた。

わたしは思いきって(というのは、死者の話をこれ以上しなくてもいい、お互いの沈黙が、それを充分してくれた、と思えたので)、

「それで、今年は麦はどうかね?」

と訊ねた。農夫は、

「さあ、うまくはなかろうて。何分にも、まったくの季節はずれだからの」

吐き出すように云って、相変らずうつむいて草をとりながら、わたしの傍をはなれていった。この間、彼は、ちらと顔をあげて見せたときのほか、一瞬も手を休めなかった。

わたしは、そこだけ刈りとられて黒土のあらわに見える、英武の埋葬されたところにぼんやりと立っていたのだが。

彼は一瞬も手を休めなかった——このことが深くわたしの胸に応えたのだ。それはまた、わたしが日軍の軍夫として荷車に電線で結えつけられて、少婦が輪姦されるのを眼前にしなければならなかったあのとき、クリークを距てた畑地で二人の、これも年老い

た農夫が傍目もふらず、一心に鍬をふるっていたのを思い出させた。たとえ心に煮えくりかえる痛苦があろうとも、いや、痛苦があるからこそ、彼等は規則正しく、一瞬も手を休めずに、地をうち、草をとっていたのだ。

英武の無慙な死にざま、殺されざまを、目撃した洪媼から知らされて以来の、わたしの怒りや哀しみ、そしてその反動から来た近頃の、一種の虚脱感、一切のものがなにか気遠いものにしか思われぬ、現実とのあいだに透明な一枚のカーテンが下りたような感じ。

そのカーテンが、破れたのだ。農夫の鍬によって、鎌によって。

破れたところから、濃い緑の、黒いほどの緑の色を誇示して成育している麦もまた、夢幻世界か何かの麦であることを止めて、やがて実を結び、精製されて麺粉となるべきものとして見えて来た。

あの夢幻世界を、かりに冥府としてみようか。その冥府で、わたしが、英武や、これもいまは亡い妻の莫愁とならんで眺めていた地上の景色《けいしょく》、冥府から、死者の眼で眺めた景色は、実に美しかったように思う。

真夏に、黒の眼鏡をかけると、事物の陰影と光耀のけじめが、かえってはっきりすることがある。そのように、すべてのものは、その角度を明確にし、一つ一つが周囲の他の事物からはっきりと区別されて見えた。時間は、地上の時間のように、一刻一刻、刻まれてゆくのではなくて、渓流のように冷たく早く流れてゆくのが耳に聞えるようであった。この美感のなかには、人間の破滅に対する肯定と、宗教的な憧憬さえが含まれていたように思われる。

風が吹いて来て麦が波うち、靡いた。その靡いた方向へ、わたしは風に吹かれて歩き出した。

「じゃ、そのうちまた来るよ」

と農夫に挨拶をした。

「明日は来ないかね」

「仕事があるからね」

ちょっと気恥しかったが、そう答えた。

自然の風景というものは、たとえどんな風景であろうとも、人が労働とともにある場合には、特に美しかったり、美しくなかったりするものではないのだ。

歩きながら、二〇年代の上海暴動の頃、いっしょに暗い裏通りを逃げまわった、画家志望の友人のことを思い出した。彼はあの後、わたし同様に運動から離れて日本に留学し、画材も人間のたちまじるものを避けて風景画一本にしてしまった。そしてついには、その風景も、現実に存在する自然を描くのではなくて、空想夢幻の景色《けいしょく》を描くようになり、しまいには基督を信じ、ジョルジュ・ルオー風の筆致で、だぶだぶの綿入れ服を着た、皺の深い農夫などを描くようになった。その農夫は、既に現実の農夫ではなくて、彼という画家自身を表象する、一観念であった。しかもなお、政治上の意見はというと、左翼のはげしすぎる支持者であった。と同時に、実生活では、損得の計算が、きわめてはっきりしていた。彼の基督教は、わたしの推察するところでは、加特力《カトリック》教に近いものであったと思うが、この東方で西方の芸術を実現しようとする人のそれらしく、孤独な基督教であった。要するに、（私も同様）内面的な安定というものがまったくなかった……。彼はいろいろなことをやってみた、が身についたものがない……。この画家の名をKという。上海の裏通りでの一別以来、十年近くも会わなかった。彼もまた、このたびの、これから先長い戦乱のあいだに、幾変転をまぬがれないだろう。それはそれでいいことなのだ。彼にしても、わたしにしても、既に農夫ではない。人間認識と社会認識のあいだに、截然たる裂け目がある。分裂しているのだ。前者は、何等かの信仰、神の方へ向おうとし、後者は組織の方へ向おうとする。それらの統一された、主体的な存在でありたいという渇望を別とすれば、こうした状況は、別に不思議なことでも嘆かわしいことでもない。普通のことなのだ、人間の条件なのだ。この両者を結ぶもの、あるいはこの両者を同時に生きているものがわれわれの身体なのだ。身体とは、裂け目そのものなのだ。あるいは、云い方をかえれば、その裂け目で生きているのが、そこに身を横たえているのが、われわれの身体なのだ。英武の埋まっている地、そこで働く農夫、あの農夫の方から畑の麦を靡かせて吹いて来る風は、この裂け目へ吹き込んで来るのだ。風が身にしみ込み、汗が冷えていった。

少しずつ、わたしは鎮まった。一九二七年四月、あの画家志望の友人などといっしょに上海で弾圧され、辛くも逮捕をまぬがれ、それから六年間、各地の華僑総会を頼って印度、西欧などをほっつき歩き、三二年に帰国し、知人の紹介で海軍部に職を得、鳴かず飛ばず、人とつきあわず、じっと坐って五年間、そしていま、妻子や友人を失い、敵のなかで身一つになってみると、十年の時間が、そのときどきの景色とともに眼に見えるように思う。人は回想のかたちで自己意識の根拠をさがしもとめるものであるらしい。

不図頭をあげ、両腕を動かして凝った肩をもみほぐしながら、ダブルスパイと化し、先日は、接収されたわが家の住人、桐野大尉の機関の事務所の裏口から、あたりに眼を配りながら出て来た、Kとの対決の段取りや、内的な不安定さと裏切りとの関聯などについて考えをめぐらしながら、わが家、いや、桐野大尉の公館の方へと路をとった。

そのとき、遠くから、割竹をうちつける甲高い音が、闃《げき》として人のない空間にひびいて来た。二つ、三つ、四つ、四つ叩いてはしばらく間を措く。また、一撃二撃、三つ、四つ。身心の緊張がゆるみ、方々にこりかたまっているしこりがとけてゆくように思う。わたしは、あの大気のなかに透徹する響きをたててやってくる刃物屋を、待っていたのだ。待っていた、ということを身体全体で知った。まるで恋人をでも待っていたかのように。

わたしは路の角に立って刃物屋の来るのを待っていた。あの背丈高く、肩幅は広く、手足も頑丈な山東人とは、約二カ月半ほど荷車の轅に結えつけられていっしょにすごしたことだった。それが六月はじめの頃『庖丁、鋏、刀、槍でも鉄砲でも、大砲も、鎌と槌も、星も』刃物一式を売る刃物屋になってあらわれたとき、わたしは眼を瞠ったものだった。あのとき、『このつぎ来るときには、火の玉でも鉄でも斬れる本物をもってくる』と云って、割竹の音高く別れていったのだった。

音が途切れた。わたしは不意に不安になる。追われているのではないか、とすぐに思う。

が、彼は角をまがってやって来た。ところが、わたしを認めても、にこりともしない。

「しばらくだったな」

と云っても、眼くばせをするだけである。緊張している。何か彼らの党と国民政府のあいだにまずいことが起ったのだろうか。政府の抗日到底という方針は、どう考えても一本にまとまったものではないのだ、汪精衛一派が和平論をもち、分派闘争を企てているという情報が入っているのだ。

四五歩ならんで歩き、不意に振りむいて後を見、ついで正面を見たまま小声で、

「あなたは陳英諦さんですね?」

とわたしの名を呼んだ。わたしはどきりとする。軍夫だった頃は、わたしは名を偽っていたのだから、彼がわたしの名を知っている筈がない……。

わたしは無言でうなずく。

「お宅で待っていて下さい。後で伺います。お知らせすることがありますから」

地に足をすりつけるような歩み方で、彼はずんずん先へ出た。前後に引出しのついた箱を天秤棒でかつぎ、拍子をとって歩いていった。割竹も鳴らさず、例の『庖丁、鋏、槍、鉄砲、鎌と槌』云々という呼び声もあげない。いちど、にやっと笑って、そのまま、次の角を曲ってしまった。

わたしは、いささか啞然として暫時たちつくしていた。が、やがて気付いて急いで家に帰ることにした。もし彼が追われているものとすれば、追う者どもに、刃物屋と往き会わなかったか、などと訊問されぬものでもない。また、遠くから割竹を鳴らし呼び売りをやって来て、急にそれをやめるというのは、街頭連絡のための、何かの合図であったかもしれない。わたしは小走りに走って表通りに出て洗濯屋へ寄り、桐野大尉の麻の背広を受取り(大尉はこの頃ではほとんど軍服を着ない、髪ものばすらしい)、家に帰った。この洗濯屋は、かつてわが家に通いつけのそれだったのだが、いまは共同経営者というかたちで華北からやって来た日本人に奪いとられた。ほとんどの事業がこの共同経営者なしではやってゆけない仕組みになってしまった。この洗濯屋の日本人は、何も洗濯を実際にやるわけではない。彼は単に共同経営者というだけのものであって、二六時中、主として華北へ旅行をしている。何をしに華北へ行くか。彼はときどき、黄色い歯をむいて笑ってみせ、小さな紙包みが二つ三つ入ったマッチ箱を見せる。中味は、ヘロインである。卸してやるから売って来い、というのである。莫大な量の麻薬が台湾、朝鮮及び東北で製産され、それが日軍とともに動いて来る。この項の調査は、漢口へ打電済。先週、地下に潜った学生たちの一団が、淫売窟に、硫酸とガソリンを、塩酸加里と砂糖にひたした綿でくるんで空罐の中に密封した爆弾(?)を投げ込み、一人がつかまって街のまんなかで射殺された。近距離から心臓と頭を射ち抜かれたのだが、塀の壁には脳漿と髪の毛が生々しくはりついていた。

淫売窟で刺殺された従卒の島田に代ってやって来た、谷中という従卒は頗るの呑気者だ。ただ、大尉の酒を盗むので、わたしは甚だ閉口だが。谷中は炭坑の鉱夫だったというが、彼といっしょに薪を積みあげ、石炭を運んだりして刃物屋の来るのを待っていた。谷中は、石炭を拾い上げては断面に日光をうけ、きらきら光らせながら、

「エエ、ナア、エエ、スミヤナア」

と云って「ケ、ケケ」と奇態な声で笑う。彼は石炭を愛している。が彼は島田と違って家の掃除や除艸を一向に愛さず、ほとんど風呂焚きのほかは何もしない。ただ、わたしがまめに働いていると、いつも「スミマセンナ」と云う。彼は大尉から、このわたし

は奴僕《ボーイ》をしているけれども、本当はこの家の主人なのだ、失礼があってはならぬ、と云われているのだ。島田と共通な点は、二六時中短調の、あわれに情けない調子の唄をうたいづめなことだ。

やがて高く竹を鳴らして刃物屋がやって来た。若者は、この前来たときよりも一層日に灼け、なめした皮のような皮膚をしている。わたしは彼を勝手口に引き入れ、ありとあらゆる刃物を持ち出した、彼は研ぎながら話しはじめた。

「先刻は失礼しました。ちょっと用がありましたので……」

そこまで云ったとき、谷中が戻って来た。

しばらく黙ってから、彼は急に広東語に切り換えた。わたしは彼にこの兵隊は中国語はさっぱりなのだから、と早口で告げたが、彼はそのまま広東語で、

「ところで話があるから、とさっき云いましたのは、——あなたは楊妙音という女学生を……」

この名が発音されるのを、どれだけの思いをこめて待っていたことか！　眼に見えぬ必然の糸のようなものが、この男とわたしを結んでいる。楊が生きている、妻の莫愁のことは、もう諦めているが、せめて若い彼女だけでも、と祈っていたのだ。

「楊さんは、蘇北のあるところで、寝ています」

「病気？」

「それが……、実は黴毒なんです」

そうか——。彼女もまた金陵大学に設置された国際難民委員会の安全地帯内で、あるいはその外にひきずり出されて、やられたのだ、眼先に白いものが一瞬、閃いて、やがて黒暗々たる気持になっていった。

「それだけならいいんですが、わたしたちのいるところへ辿りつかれる前に、誰かが苦痛を和らげるために、麻薬をやったらしいんです。この頃では、医薬はなくても、麻薬はどこにでもありますからね。衛生部なんてものは、麻薬部みたいなもので、禁烟委員会は販売委員会みたいなものですから」

「それで中毒になった？」

「止めると、狂気したように」

「あばれる？」

「そう」

何ということになったものだ。昨年、十一月二十日に、日軍が蘇州に入城し、甕や壺の製作を業とする楊一家の館が接収されたときの状況を、極めて冷静に、細部まで眼に見えるように話してくれた、あの女学生が、どうして安淫売婦のような有様になり下り得たのか、蘇州から南京のわれわれのところへ、たった一人で、傷だらけになって逃げて来て、到着するや否やすぐに話し出したのだったが、興奮しながらも、ほとんど感情をまじえずに、日軍の振舞いだけを描写した堅固な精神を、わたしは心から讃嘆したものだったのに。そして、南京落城直後の十二月十四日に、莫愁、英武、楊とわたしの四人が針金でしばられて馬羣小学校へ集中されたときにも、いち早く難民たちを組織しなければならぬと云い出したのも、また彼女にほかならなかったのに。

恐らく彼女もまた、西大門で百人ずつかためて処刑する、機銃掃射をくって万死に一生を得たわたしと同じような、いやそれ以上の苦痛を嘗めたのであろう。それ以上の――、そうだ、女性は屈辱の時に際しては、死以上の惨苦をみなければならぬ運命を担っている。死にも似た苦しみのなかから別個の生命を生み出すという至福を担うと同じように……。

「それで」と云ってわたしは苦いものをぐっとのみ下した。「妊娠したりしてはいないでしょうね？」

「実は、していたらしいのですが」

「おろした？」

「いえ、浮浪しておいでのあいだに、何かで下腹を強打して……」

「そう……。ほかに病気は？」

「ひどい栄養失調です。このごろはいくらかいいようですが」

「君が看護を？」

「大して何も出来ませんが。この前南京に来たとき、ある薬屋をおどかしてサルバルサンと注射器をもとめ、わたしがうちました」

「君は……お医者ですか？」

「いえ、その卵になりかけたことがあります」

「学生？」

彼は、にっこりしてうなずいた。黒い顔の奥に、二十代の若者らしい、去りやらぬ童顔がのぞいた。わたしは彼とともに二カ月半ほども荷車の轅に結いつけられて苦難の道を歩いたのだったが、彼が学生であるかもしれないなどとは、いささかも考えつかなかった。労働学生だとしても、学生には、どこか学生以外には見られぬ何かがあるものだが。わたしが読書人《インテリ》としてのわたし自身の身分をかくそうとつとめていたせいで気付かなかったのか。そう云えば、あの当時、彼はいつも『こんなことをしていなくてもなあ』と云いつづけだった。

「しかし、どうしてわたしが陳英諦だということを知った？」

「楊さんをはじめて見かけたのは、金陵大学に設置されてあった安全地帯でです」

「君もか、わたしもあそこにいたんだ。妻の莫愁とこどもの英武と、それと楊と」

「楊さんを見かけたのは、市民に化けた俘虜がいるという名目で乱入して来た日軍にあなたがつかまって、トラックに押し上げられた、その直後だったようです。わたしは、金陵大学病院の医師ウィルスンさん宅のボーイをして学資を稼いでいたことがありますので、まだ学生だったんですけれど、あのとき志願して手伝いにいっていたんです」

志願して――それだけでも、あのときは実は莫大な勇気の要る行動だった筈だ。

「そうか。ぼくは、御覧の通り、助かった。偶然だけだ、助かった理由は」そして、わたしはついに咽喉までこみ上げて来て、そこで疼いていたことばを口にした。

「あの国際委員会の家屋部には、衛生部にいたわたしの伯父が出向いていた筈だが」

「わたしが楊さんをお見かけしたのは、あのひとが、その、伯父の方の胸にしがみついて泣き叫びながら、兵士でもないあなたがつかまってトラックに乗せられ、集団殺戮につれられてゆくのを、なぜ黙って見ているのだ、どうして下りていって――、伯父の方は、二階の窓から、中庭でトラックにのせられているあなた方を見下しておられたのです――そのひとは違う、と一言日軍に云ってやらないのか、それでも人間か、あなたは、という風に、伯父さんのワイシャツのボタンが飛ぶほどに――」

「それで伯父は?」

「下りていったって、あなたは何も証明書《ペーパー》など持っていられない、ペーパーもドキュメントも(英語で云いました、わたしははっきり覚えています)ないのに、どうして兵隊でないことが証明出来るか、と云われました。わたしはそのとき偶然その廊下を通りがかったのですが、どれがあなたかわからぬながら、階段を駈け下りてあなたがたの方へ行こうとしたのですが、中庭の出口のところで、矢張り委員会の、歴史の先生だったマイナー・ベーーツ博士にひきとめられてしまいました。あなたがたのあれがはじまりで、若い男や女にとっては、安全地帯は、次第に一等危いところになってゆきました」

わたしは黙った。うけこたえをすることが出来なかったわけではないが、あの場に於ける伯父の立場について、考えてみたのだ。伯父としては――、いかに楊が泣き叫ぼうとも、ああいう風に云わざるをえなかった……。落城の少し前に、委員会に入らぬか、とわたしに云ったことがあるから、ひょっとして、だから云わぬことじゃない、という風にも思っていたかもしれない。

立場をかえて、わたしだったらどうするか。わたしは、このわたし自身、馬羣小学校で処刑された同胞たちの屍体整理をやらされたとき、まだ息のある将校の身体を、クリークに放り込んだ……。

刃物屋は、急にわたしが黙ってしまったので、ちらりとわたしの眼を見て、それからうつむいてまた庖丁を研ぎはじめた。はじめはゆっくりと、次第に早く。話しているあいだは、砥石に刃をあてがったまま、研がずにいたのだ。彼のなかで、なにかが、わたしに抵抗しているらしい、とそんな風に感じられた。何かわたしが不当に落着いて彼の話を、肉親の不幸についての話を聞いている、とでも思ったのだろうか。

生きて働いている人間を見ていれば、そこに死とのつながりを見つけることは、本来困難なことの筈なのだ。われわれはあまりに死に近く生きて来、また現在も生きているので、働くこと、労働をはなれるや否や、すぐに人間観が歪んでくるのだ。彼がちらとわたしの眼を見たとき、わたしは、箇条書きにしてみれば、大体次のようなことを考えていたのだ。

一、生きているということ、生きていないということ。

二、それから、見殺しにするということ。

三、そして、ある決定的な日、解放の日が来るまで、そのために働き、その日を刻々に築いてゆくということ。

四、けれども、決定的な日というものが果してあるかどうか、疑う余地があること。その日が来れば、歴史はまた別個の日を用意するにちがいないということ。（神を信ずるか、歴史を信ずるか。神と歴史と……。歴史がもし『過程』にすぎないものならば、歴史はニヒリズムをもたらす元兇である。しかし神を知らないものは、歴史のなか以外に、生きる場所をもたない）――歴史、歴史というが、このわたし、あるいはこのわたしを含むもの以外の、何がいったい歴史であるか。

五、しかし、たとえば直線に例をとってみるならば、直線の存在は、意志的に確信するのでなければ、自然のなかには決して存在せず、誰も与えてもくれず、また維持されることもない。直線が存在するとしたら、それは人間の意志的な確信のなかにのみ存在する。人間以外のものにとっては、直線も純粋な円も三角形も存在しない。

六、つまり、勝利、解放は、別言すれば観念の実現である、ということ。そしてこの観念は、人間の名においてのみ存在しうべきものであること。

しかし、ここで、わたしの考えは、やはり第二の項へ戻ってゆくのだ。えらそうなことを云っても駄目の皮なのだ、という風に。

たとえ、いかなる圧力のもとにあっても、不条理な死を、人間の名において見殺しにすることとは、という項目へ。そして最後、第七の項。救おうとねがっているものを犠牲にすることによって得られた勝利は、恐らく誰にでもすぐ面皮を剝がされるような、仮説的な価値をしか持ち得ないだろうこと。

しかし、この七つだけでも、そのすべてをつねに考慮に容れうるほどに、人間は、一人一人の人間は広く大きい、力にみちたものであるとは信じがたい、人間の存在を意識するとは、結局、その条件がいかに受け容れ難いものであるかということを、知ることではないか。見殺しに、しなければならぬことがある。しかし、だからと云ってわれわれはあらゆる悲惨事のとりこになってしまうことはない筈だ。わたしが、眼を蔽いたくなるほどの悲惨事や、どぎつい事柄ばかりをこの日記にしるしているのは、人間が極悪な経験にどのくらい堪えうるか、人間はどんなものか、ということを、痛苦の去らぬうちに確認してみたいがためにほかならない。時間がたったならば、わたしとてけろりと忘れてしまわぬとは限らないのだ。だから口にこそ云わぬが、毎時毎分、わたしは黒々としたニヒリズムと無限定な希望とのあいだを、往復去来しているということになろう。希望の方は、希望する義務があると確信するから、だから漸くにして持ち得ているのである。『にもかかわらず』というのがわたしの口に出来るたった一つのことばだろう。しかし、そうは云っても、わたしはわたしがペシミストであるとは、決して思っていない。希望は、ニヒリズムと同じほどに、担うに重い荷物なのだ。われわれは死ぬまでこの荷物を担ってゆく義務がある、とそう思っているのだ。云い換えれば、希望にも堪えてゆかねばならないということだ。しかし、誰が、何が、いったいわたしにそんな義務を課したのか。神か歴史か、わたし自身は、神でもない歴史でもない、わたしがそういう義務を、このわたしに課したのだ、わたしがその義務を創ったのだ、と云いきりたい気がする、けれども、いま「わたしが」というとき、わたしは、たとえば肩に、何か超絶的なものが軽く触れたような、ある種の戦慄を感じる……。

つまり、決定的な救いの日などがありえないということ、そのこと自体がわれわれに希望を生み出させる、その源泉ではないか。労働の日々があるだけだということを信頼できなかったら、自殺するよりほかに法はない。日々があるだけだ、それを働いてゆくのだということは、しかし、反面、なにか洋々たるものを感じさせせないか。

しかし、人が生死をかけて戦っているとき、人間とは何ぞや、などという議論は、要するに世迷言としか聞えない。それは事実だ。そして人間観があやふやだったのでは、どんな戦いにも生死をかけることが出来ないということも事実だ。おそろしく基本的な時代だ、いまは。人間自体とひとしく、あらゆる価値や道徳が素裸にされてぎゅうぎゅうの目に遭わされている。ひょっとすると、いまいちばん苦しんでいるもの、苦しめられているものは、人間であるよりも、むしろ道徳というものなのかもしれない。生きている人間は、死んでしまった者や瀕死の人間に比べたら、まことに無慙なものだ、わたしはこの手で、あの、まだ息絶えぬ人をクリークに放り込んだのだ。

（わたしは、わたしの云っていることが何なのか、それを知りたい）

若者は研ぎ了えた庖丁を手にもち、ためつすがめつ眺め入っていた。烈しい夏の光りは、庖丁という一個の道具から、純粋な金属の輝きを引き出していた……、あるいは、ふなれなわたしの手で曇らされていた刃に、元来もっていたその輝きを、還していた。そのための作業を、若者は、わたしが黙しているあいだに、黙々として遂行していた。

わたしは、どうやら何者かで在ろうとし、

楊をはじめとして、彼らは、何事かを為そう、としているのであるらしい。

わたしは、つねにいかなる者で在るべきかを主にして考え、（存在、）

彼らは、与えられた時と場に於て、何を為すべきか、を考える。(行為、そして組織)。庖丁の刃の照りかえしがまばゆく、ふと眼をそらしたとき、彼もまた眼をそらし、二人から疎外されたような空間の妙な地点でわたしと視線が会った。けれども彼は、この間何もなかったかのように、再び口を開いた。

「楊さんは、あなたの奥さんの御最期を見届けられることが出来なかったそうです。兵隊たちの……その、なかで、心臓をやられなさって、いえ、刺されたりなんかではなくて——亡くなられていたそうです。急に陣痛が来た、そこへ踏み込まれたというところだったのではないか、と楊さんは云っていました。それで死体は、衛生局のトラックが積んでいったそうでした。で、十二月十五日の晩、楊さんが、若い男や女のうち、七八人を病院の裏にあつめて、自衛組織をつくろうという会合をなさっているところを、(そんなことは安全地帯内では禁じられていたのです)塀を破って入って来た兵隊たちに襲われ、逃げ遅れてつかまって。失神なさって、それで気がついてみたら、坊っちゃんの英武さんの姿がどこにも見えなかった、ということでした。中訳ない、と云っておいでした。実は、わたしもそのときの小会合に出席していたんです。けれども」とそこで彼はいちど口をつぐみ、今度はかつて莫愁が使っていた裁縫用の鋏を研ぎ出した。あまり力をいれて研ぐので、折れはせぬかと気づかわれたが。「わたしも、実は、怖くなって逃げ出したんです。申訳ないと思います。このつぐないは、一生かかってもしなければならないと思っています」

白熱した太陽が、ゴッホの絵にあるように二つにも三つにも見え、ぐるぐる回転し、顔が熱く、耳鳴りがしはじめた。そして二つ三つの太陽のなかには、それぞれみなひとりの嬰児が手足をまるめて眠っている……。

突然、家のなかから音楽が聞えて来た。従卒の谷中がラジオをかけたのだ。軽やかな舞踏曲である。

「楊さんに蘇北で再会して、わたしは詫びましたが、尠なくともわたしは生きているのだから、とだけ云われました。そしてつい近頃、いろいろな話をしているあいだに、南京のこのお宅の話が出たので、そこで召使をしている人は、どうやら、つまりその、あなたらしいので、話してみたのです。けれども、楊さんは信じられない風でした。無理もないことです」

「そう、無理もない。それに奴僕をしているなどとは、到底想像も出来ないだろうから」彼女も、地下室の無電機のことは知らないのだ。「楊は、わたしのことを何とか云っていましたか？」

「ええ、いつも中庸の途を歩こうとしている人だった、といっていました」

「中庸の途だって？」

「ええ」

いささかわたしは愁眉をひらく思いをした。どんな人でも決して中庸の途などをたどることは出来ない。人間はそんな風に出来上ってはいないのだ、向上心を失わぬ限りでは。わたしは中庸の途を歩く、とは、ひねこびた人間のおごりごころにすぎない、と思う。何が中庸なものか、自分でもとらえがたい極端なことばかり考えているのだ。

「楊に云っておいて下さいよ、とても中庸なんぞではあり得ません、とね。奴僕です、但し、懐には紙幣じゃなくて純金をもっているつもりだ、とね」

こう云いながら、わたしは自分が何となくすれっからしの、酷薄な人間になったように感じた。

二人とも、薄く口許に笑いを含んだ。わたしは家のなかへ戻って三階に上り、一束の紙幣をとり出し、これを刃物屋にわたしした。

「楊にサルバルサンを買ってやって下さい。それから、この家へ戻って来ても多分大丈夫だと思う、そのうち桐野大尉の許可をえたら、知らせる、こっちで病気をなおしたらどうか、と伝えて下さい。薬の方は、衛生部につとめているわたしの伯父に頼めば、相当量手に入ると思いますが、それはこの次の機会にして」

「その、あなたの伯父さんにあたられる方は、阿片やヘロインを扱っています」

「ええッ?」

弁護士に転業する、転業する、と何度もいいながら、衛生部をやめない理由がそこにあるのか。阿片を扱う者は、国民政府条例によれば死刑なのだ。

刃物屋は、わたしの決意を促すように、きっとなって眼をあげた。

「本当か、たしかめたか？」

「安慶や九江にも、網をはっています、日軍の特務機関と合作で」

「……そうか、そうだったのか」

桐野大尉が安慶九江方面へ旅行に出るに先立って、十日も早く伯父が旅に出た理由がそれでわかった。彼は適当な人物を物色に行ったのだ。

大尉が帰宅したので、刃物屋はそそくさと帰っていった。通りに出てから、響高く鳴る割竹の音をたてながら。

夕食をつくっているとき、指をかなり深く切った。ちょっと触っただけだったのに。鯉を料理しながら、英武のことを考えていたのだ。城外を日軍に包囲されて砲火を射ち込まれていたとき、家にしゃがんでいることに堪えられなくなって庭に出て、ふと紅葉した葉を一枚拾いあげて、「お父さん、きれいだねえ」と云った、その声がまだ耳にこびりついている。それがこの耳にまだこびりついている、と考えていたときに、切った。血がおどろくほど多量に出て来て、たわいもなく、わたしはほとんど失神しそうになった。あれほど多量の、何百千という人が殺され、枯艸が黒くかさかさになるほどの景を見て来たこのわたしが。

今日知った日本語を一つ。

桐野大尉は口癖のように、「チェッ、ユウウツだなあ」と云う。ユウウツは、憂鬱也。

わたしは決して憂鬱ではない、心塞いでもいない。

もう一つ、やはりどうしても正直にしるしておかねばならぬことがある。それは、あの刃物屋が来て、庖丁などをピカピカに研ぎ上げると、不意にわたしを襲う、ある幻影についてだ。庖丁で、このわたしが魚肉をブツ切りにするように、大尉を斬り刻むという不気味な幻影だ。そのたびに、毛穴から汗が噴き出す、鼓動が早まる。指を切ったときにも、英武のことだけを考えていたのではないことも白状しておこう。こんな不安定なことでは、いかん。

八月二十一日

十七日のところに、わたしは心塞いだりしてはいない、と書いた。

けれども、ついに来るべきものが来たので、わたしは、決断せざるをえなくなった。

伯父やKのことについて、である。

テロリスト、殺人専家たちが派遣されて来たのだ。彼らは、同胞のうちの裏切者の、おもだった者を処分するために、黒々と登場して来たのだ。また共産党に対する監視も恐らくきびしくなるだろう。Kとは明日、一遍限り話してみることにきめた。伯父についても、もし阿片を扱っていることが明らかになれば、そのまま放っておくわけにはゆかない。

…………………………

わたしの眼はどうかなっているのではなかろうか。そう疑う気持が起る。

というのは、伯父のことは云わずもがなだが、たとえばKについても、Kがダブルスパイなどにならぬずっと以前から、つまりは昨冬の受難の最中、あの心も精神も顚倒していたときですら、わたしはKがダブルスパイではないか、尠くともそれになる素質がある、と明瞭に感得していた。それはわたし自身にもそういう素質があるせいだろうか？　そうかもしれない。

それに、きょう見た、あの灰色の服を着た、眼窩の深くくぼんだ女だ。

きょうわたしは桐野大尉のための酒を買いに壺中天へゆき、そこで明日の午後、玄武湖でKに会いたい旨連絡を依頼しての帰り途、二カ月ほど前に、矢張りKと連絡中、すッとわたしの眼をかすめて通りすぎていった、灰色の服を着たひとりの女を認めた。その女が死んだ莫愁に似ていた、ということで、そのときは、わたしの記憶にのこった。

ところが記憶のなかのその女の顔を凝視し、莫愁と似たところが次第に消えてゆき、気持としては、いわば正反対のものに転化していったとき、何か奇怪な、異様なものがそこにあることに気付いた。情というものがさっぱりないような、すべてに無関心で、どんな意味でも疼痛といったものをちっとも感じないようなのだが、にも拘らず情熱的、いや情慾的で、しかも冷たいというようなもの、である。心理的な分裂がそのままで全体をなしているような、異様な顔貌である。きょうまたその女と出会ったのだ。ところが、自分で自分の眼を疑ったほどに、その女は、わたしが自分の心のなかで凝視していたとまったく同じ表情をしていた。つまり、眼がくぼんでいるということだけを除いて、莫愁とは何一つ共通するもののない顔をしていた。女は三輪車にのっていた。わたしは酒屋の自転車を借りて後をつけた。何故か惹きつけられるようにしてついていったのである。女は、日軍の経済顧問公館へ入っていった。

わたしは、その公館の前を通りすぎながら、単純に、なるほど、その通りだ、と思っただけだった。

要するに、ひと目見れば、それでものがわかるようになってゆきつつあるらしいのである。瀬戸物の愛好者が、ものをひと目で見抜くように(?)。喜ぶべきことか、嘆くべきことか。わたしのそもそもの任務は、五名の諜者を指導監督し、その報告を吟味し打電するというに止まるものだったのだが、いつのまにかわたし自身もその方の専門家になりつつあるのである。

ここでわたしは、ロシアの小説で読んだある場面を思い出す。ある若い男Aの後を、別な男Bがつけてゆく。二人は、親友といっていい仲である。ところがひそかにBはAを殺そうと思っている。Aが、ある日刃物屋の陳列窓の前に立つ。ぴかぴか光る刃物を見ているうちに、それまで考えたこともなかったことだが、Aは、突如として、Bが刃物で自分を殺そうとしているのだということに気付く。透視か啓示とでも云いたいような、はりつめた透明な一線がAとBとを結びつける。事実、Bはナイフを手にして、町角にかくれていたのである。Aがそれに気付いた、ということをBもまた透明な(電波のようなものによって)直ちに気付く。Aは陳列窓をはなれ、町角へむかってゆく。二人は、無言で、すれちがいざま、さっと腕を組み、何事もなかったかのよう町筋を歩いてゆく——。そういう場面である。

小説的《ロマネスク》な記述を故意に拒否して来たのに、このわたし自身が小説的、つまりは人々の日常生活の次元とは別なところへ、いつの間にか移行してしまったのだろうか。とすると、その契機は何だったのだろうか？　緊張し通しでいなければならぬことが、わたしを強制して化学変化のようなものをでも起させたのか？　恐らく、危険に満ちた異常な生活のなかで、危険と異常とが、わたしの生活を犯して来ているのだ。生活の健康な日常性の犠牲に於て、わたしは次第に非人間的になり、従って専門的な眼を獲得しつつあるのだ。きっとわたしは、わたしがこの世のなかで一番嫌いなものである、あの地下特工に特有な顔——蛇の肌のように蒼白い、あるいは蒼黒い、底深く疲れ汚れた顔、不気味なデカダンスの匂い——を、いくらかは身につけ、あたりに、漂わせはじめたかもしれない。

ひょっとして、それがあの刃物屋の青年の心に、何かしら抵抗を感じさせたのかもしれぬ。

小説的になってはならぬ。それは実生活に於ては必ずや破局を用意するものなのだ。

八月二十二日

玄武湖。

水の浅いところには紫のウォターヒヤシンスが一面に咲いていた。水もまた紫色である。Kがかいを握り、蓮の大葉のあいだをくぐりぬけて広々とした湖面に出た。古林寺、鶏鳴寺などの、屋根瓦の青、建物の朱の色、壁の白が眼に沁みる。大地の黄を基盤として、青、朱、白、この三色がたがいに入りまじり、また分離して構成する紫の色、黄色の上にたつ紫、これがわれわれの都城の色彩なのだ。大地の黄をふまえてそびえ立つ紫金の岩山、大地の黄に抱かれる、玄武湖や莫愁湖の紫、高くのぼればのぼるほど紫の色を濃くするかと思われる空、これらのものは史前から史後に、永遠にこの地に保証された美なのだ。われわれはこの非情な美に堪えるために、幅五メートルから十五メートルの城壁を築いて、そのなかで生きているのである。

湖のところどころに鳰《かいつぶり》が群がっていた。く、く、と短かく鳴いている。

Kは銃先をズボンにつっこんだため、腹にじかにあたる拳銃をもてあましながら、かいをあやつっていた。

この拳銃は、湖畔をさまよって小舟をさがしていたときに、わたしが渡したのだ。わたしはそのつもりで、家からこの拳銃をくるぶしの内側のところに結えつけて来たのだ。

「K、君、拳銃もってるか？」

と、わたしは聞いた。

Kは何故かぎょッとした風で、元来、冷たいいつでも計算のよく利く筈の彼なのに、顔には子供っぽい恐怖が上って来た。それを見て、今度はわたしの方が、ぎょッとした。いつのまにか人を脅かすようなものが身についてしまったのか、と。

「いや……、も、もってない」

彼はへどもどした。見えすいた嘘だった。わたしと同じように、ズボンの裾を苦力風に紐でしばっている。くるぶしのうち側のところに結えつけているのだ。わたしはズボンの裾を解いて、拳銃をわたしたのだ。

「そうか。じゃ、ぼくのをもってくれないか。なれないものだから、こんな重いものが足首のところにとっついていると、どうにも歩きにくくて。それに気分がわるくなるんだ」

Kは、にやりと笑った。そうでしょう、あまりなれないことはしない方がいいですよ、という意が読みとれた。それでいましがたうけたショックから恢復したか、

「で、今日の御用は何ですか?」

と攻勢に出て来た。

「あの舟を借りよう」

あたりには誰もいなかった。

Kが先に乗った。

Kただひとりをのせて舟をつき出し、岸から射つことも出来るな、と考えた。が、拳銃はいま手渡したところだった。

広々とした湖面に出てから、

「K、話というのは、ぼくが云わなくてもわかっているだろう。ぼくは君を射ってもいい筈なのだ。ぼくは誤認をしているとは思わないよ。――が、ぼくの拳銃は先刻君にわたした」

わたしは、中ほどのところに坐り、立って漕いでいる彼を見上げて話していたのだ。

彼が漕ぐ手をやめた。シャツをまくり上げて、拳銃をぬきとった。銃身をつかんで——。立ったままである。のっぺりした水に彼の影がうつっている。厄介なことになったぞ、と思った。が、恐怖はなかった。厄介なことになったというのは、Kの身体のあり方について、なのだ。彼は立っている、わたしは坐っている。だから彼は、銃を逆手に握ったのだ。射つよりも、殴ることの方が、その姿勢にふさわしいわけだった。

「これをわたしに渡したというのは、その、わたしをまだ信じたいから、ということですか？」

坐って話さないか、と云いたいのだが、それはこの際出来ない。

「多分……」

Kはぎくりと、ぎごちなく肩をそびやかした。殺そう、と一瞬思ったのだろうか？ここで、魚のように死ぬのか、まあ、(いいや、という気持と、仕方がない、という気持とがあった)不思議に糞ッという反抗心は、無かった。宙に浮いたような、眼まいのするような気持が漸くすぎさったとき、思いがけぬことばが口からとび出したので、わたしはわれながらびっくりした。何とわたしは狡いんだろうという気持と、そうだ、そうだ、それでいいのだ、という気持とがいりまじり、紫の水の上に自分の頭の中味やはらわたを見る思いをした。わたしは、

「家から何か便りがあったか？」

と訊いていたのだ。さいわい、どうしてか理由はわからぬが、彼も、わたしが話をそらした、という風にはとらなかった。

「うむ……。みな、元気らしい」

「それはよかった。ぼくの方は、楊の消息がわかった」

「ああ、あの従妹さんの、女学生のひと」

「そうだ。但し、黴毒で、ヘロイン中毒だ」

「…………」

「君は、金がほしいんだな」

Kは、急に長身な身体を折って舟底に坐り込んだ。今度は腰板に掛けているわたしの方が、上になった。彼は銃をわたしと彼との丁度まんなかに置いた。漂うにまかせた小舟は蓮の群落へ吹きよせられた。Kには女ができたのだ。おそらくその女に、使われているのだ。わたしは、その女が、あの灰色の服を着た女に違いない——いつかKにフィルムを渡そうと思ってよった連絡場所、酒屋の壺中天でKと話していたときに、通りすぎていった女、莫愁に似ていると錯覚した女——あれに違いないと直感する。そして同時にその直感を極度に厭わしいものに思う。あのとき、恐らくはあの女と逢って、どこかへ行こうとしていたのだ。それが、わたしがいたので……。肌の上を、のろのろとなめくじが動いてゆくような感覚。

「女は、わたしのことを知っているのか、話したのか？」

「いや」

眼は嘘を語っていなかった。もしこれが嘘だったとしたら、あの殺人専家たちに、二人ともを通告しなければならなかったろう。

女の逆スパイと寝るなんて、どんな気持のものだろうなどと、慮外なことを思いついて、はッとした。まさにこんな、いまKと話しているような、こんな気持であろう……。

Kの顔は、汗でびっしょりだった。彼が何か云おうとして口をあけたとき、舌が黒く見えた。汗びたしの顔は、泣いている人のそれを思わせた。

「ぼくは決して愛国心なんてものに訴えようなんて思わない。そんなもの、そんなものとも云えないかもしれないが、生身の身体は観念でも、抽象でもないからな。（もどかしい！）射たれりゃ、死ぬんだ」

「さっきぼくが、射つ、と思いましたか？」

金属線のようなまなざしが、わたしを刺し貫いた。彼は、わたしよりも、もっと苦しんでいる。

「いや、床尾で殴るか、と思った」

「そうでした」

かまわず話しつづけることにした。

「ぼくはどんな主義も信じていない。主義や方針というやつは要するに働いてゆくための道具だ。信じたりするためのものじゃない。人の天性だけだよ、ぼくが信じているのは。やろうと思うこと、観念――、理想と云ってもいい、それを実現するためには、観念でも理想でもない、身体で贖ってゆくしか人間には手はないんだ。身体を扱うことだけの専門家たちが、来たんだよ、な、K、いいね？　おれたちはね、諜報関係者というものは、みなユダなんだ」

「ユダって……？」

「聖書のさ」

「ああ……」

「ユダや、それからゲッセマネの夜のペテロなんかには、君、キリストがどんなにか非人間的な、いやな、憎ったらしい奴に見えたか、しれんじゃないか。人間になるってことは、愛国家や政治家たちが云うほどに、やさしくはない。自分自身との戦い、抵抗がはじまるまでは、愛国も何も、やさしいこったよ。怖《おそ》れたり、怒ったり、殴ったり殺したりするぶんには、何も思想や統一のある意志なんかいりはしない」

「……」

「戻ろう、ぼくはそろそろ帰って料理をしなけりゃならん、今夜、桐野大尉は宴会をやるんだ」

「きっと、あの女もゆくよ、もう見抜いているんでしょう?」

「男の精神の裂け目をみたすものは、女だけなんだ。敵側についた女だとて何もかまわぬ。ただ、いまの場合、いつかは女に情報を食わせねばならなくなる。それが問題なんだ」

Kが拳銃をかえした。

陸へ上って、

「しかしさっきの話、わかってくれた?」

「かと思う……」

それでよかった。わたしは断言する人、誓う人を嫌う。われわれは少し誓死復仇というような語を使いすぎるのだ。これでは、いまに真の誓死復仇者は、文字の読めぬ人たちとその兄弟だけになるかもしれぬ。

われわれは、小舟の上で二人だけだった。他のものは、消えていた。


しかしわれわれの社会では、——何気なく社会という字を使ったが、よく考えてみれば謀報関係者の社会といえども、圧迫者に圧迫されていると感じている、一般の人々の社会と何の違いもない。Kとの今日の対決にしろ、どの社会にでもある普通なことなのだ。ユダ云々は、あのときひょいと思いついたことだったが、ユダとキリストの関係が、われわれの特殊社会だけに適用できるものでないことは明らかだ。ニヒリズムや不信を基調としようが、希望を基調としようが、あるいはこの両者の戦いを基調としようが、いずれにしても、人間についてあるはっきりした判断と思想をもったものは、身体でそれを贖ってゆかねばならぬということなのだ、あの関係が教えているものは。しかも、その判断思想そのものが、逆に人間を攻めたてて、これを非人間化するときには、身体でもってその思想とさえ戦わねばならぬということでもある。

けれども、そこに一つ問題がある。というのは、人間は果してそれらのすべてを為し遂げ得るほどに、強く大きいかということだ。欲すると欲しないとに拘らず、また何事であれ決断をしなければならぬときには、キリストとユダやペテロにあたるものは同一人のなかに同時に存在していることを、人は見せつけられる。その上で、しかもなおあらゆる条件を満して調和ある次の一歩を踏み出しうるとは、誰にも保証出来ないのだ。かくて、相補うために思想は複数の人間を要求しはじめる。複数の人間は、組織されねばならぬ。人間は組織され、組織された人は何等かの質的変貌を経験し、同時に思想もまた変質してゆく。組織は行動と責任に直結する。端的に云えば、そこに政党的なものが発生する。政党とは、読書人はある思想の実現のために集まった人々の集団であるという風に、先ず前提の方から考えがちだが、現実には前提はすぐに質を変えてしまって、より行動的な性格のものになる、人間の不合理さの方に、より深い根をもつようになるものなのだ。われわれの歴史では、どうやら地域的な軍閥の時代は終り、政党の時代が始まったようである。

けれども、一両日前に、わたしはおそろしく基本的な時代だ、と書き、道徳観念や価値観念を擬人化して、それが苦しんでいる、そして人間自体は、案外のほほんとしているのではないか、とも書いた。基本的ということは、政党とかイデオロギーとかということだったのか。果してそうだろうか？　わたしのなかでは、この二つがどうしてもうまく結びつかない。割れ目、裂け目に、身体だけがのほほんと存在しているのか？　そんなことがあり得るだろうか？　わたしの思考は何か順序が逆になっているのか？

ところで、われわれの社会には――、と書きはじめて、とんだ横道(?)へそれてしまったが、わたしは、われわれの地下社会には、いちどマークした、あるいはされた者は、すぐ眼前にあらわれて来るという、法則みたいなものがある、と云うつもりだったのだ。

大尉の宴会に、灰色の服の女(今夜は薄物のピンクの長衫《チャンシャン》を着ているが)――が、Kの云った通りやって来た。思い詰めたような、緊張した顔をしていた。それから伯父も来た。もちろんわたしは、台所にとどまり、宴席へは出ない。首都飯店からコックとボーイが出張して来たので、ほんの手伝い程度でよかった。

サラダ菜を洗ったり、フグと称する毒魚をコックがおそるおそる料理するのを眺めながら、ぼんやり考え込んでいた。このフグという魚は、日本から氷につめて空輸して来たものだ。料理は、中国、西洋、日本、ぜんぶ。おどろいた始末だ。日本では、特務の、背広服を着た大尉は、中国で云えば大佐くらいのぜいたくが出来るらしい。阿片やヘロインなどを同胞に売りつけてえた金でまかなわれているのである。

宴会については、さして記すべきことはない。例によって日本人は本式に酔い、中国人は酔った真似をしていた。

十時すぎ、一行は全部自動車で出掛けていった。近頃、同胞の家を奪って二つ三つ設立された、日本芸妓のいるところへ行ったのである。伯父は自動車には乗らないで、酔ったから歩いてゆくと云い、わたしに会いに来た。わたしは、留守の間に、地下室の無電機の、バッテリーに充電をしようと思っていたのだが。大尉も従卒の谷中も、今夜は戻らない筈だ。

「どうだい、近頃は？　奴僕《ボーイ》業も楽じゃなかろう」

「伯父さんはいかがですか？　弁護士は儲かります？」

「いいや、やっぱりな、弁護士はやめにしたよ。弁護士という奴は、何分にも自由職業でな、社会的地位はあっても、政治的な保障がないだろ。こんな時世に、民間人じゃな、うまくないというものだよ」

「なるほど」

「民間人だとな、結局は、多かれ少かれ、お前みたいなことになる」

「奴僕《ボーイ》に？」

「そうだよ」

役人官僚として、出馬し出演さえしていれば、政府の質などは論外として、奴僕ではない何者かであり得る、という考え方である。ある種の政府官僚というものは、どんな職業の人よりもおどろくほどに無政府主義《アナーキイ》的なものである。けれども、奴僕として、アナーキイで楽すぎるためか、伯父が、

「おれは近頃易に凝ってるよ」

と云ったように、矢張り不安なのである。占いなどに頼ったりするということになる。

伯父は、わたしも承知していることだが、わたしに南京にある財産の保全を命じて漢口に逃避していった兄が、漢口で司法部判事という位置を利用して瀆職行為をやらかし、逮捕されかかったことを話してから、気持よさそうに笑った。つまり、漢口へ逃避した、そのうち漢口が陥れば重慶にまで移転するであろう国民政府は、遠からず汚職と内部抗争のために分裂解体するであろう、というのである。その秋《とき》には、延安に蟠踞する共産党に対抗するものは、われわれのみ、という意味である。つまり、ここ南京には新しい理論が、漢口政府の腐敗を糧として誕生しているのである。わたしは、この新理論に対する共鳴者が漢口に生じるであろうことを怖れる。汪精衛派が動揺しているという情報

が、日軍側から伝わって来つつあるが、その実現を怖れる。

伯父はいろいろなことを云った。が、なかで、

「こんな時節には、キリスト教徒であるわれわれは、他の人よりも多くの義務を背負っているんだ」

と云ったときには、まったく魂消た。唖然として伯父の顔を見ざるをえなかった。彼は心底からそう思っているらしかった。紳士の同盟をつくったならば、その同盟にもっとも加りたがるものは泥棒だ、と云った人がいたが、伯父は次第に見事な「愛国者」になってゆくようである。そして彼が愛国者になった第一の理由が、阿片やヘロインを扱いはじめたことにあるらしいことは、次の会話で明らかになった。

「楊の消息がわかりました。可哀想に、黴毒にされ、ヘロイン中毒になっているようです。近いうちに桐野大尉の許可をどうにかして、ひきとるつもりです」

とわたしが云ったとき、ぎくりとした風で、

「そうか……。まったく、あのな、日本は英国が阿片戦争をやったころ、英国が百年前にやったことを今頃真似しとるんだ。阿片がめっきり増えて来た。それに不思議なのは、日本人は、愛国的でさえあれば、阿片をもって来ようがヘロインをもって来ようが、ちょっとも胸が痛まんのだな」

「というと、手段を選ばぬ、手段についての道徳的な干渉は」

「東京にいる生き神様にあずけっぱなしらしい」

「ははあ」

これは道徳問題の、まったく新しい処理法であった。神が現存するということの新しさが日本の強さなのか。

「しかしな、よく考えてみると、こんな時代には、それでなければ事は成就しないし、こんなことになってしまった中国を救い出すには、当分、我慢しなけりゃならんのだ」

伯父の心のなかで、何かが音たてて崩れてゆく、その音が耳に聞えるように思った。伯父までが東京にいるという神に魂をあずかってもらうのか。黯然としてわたしは、

「伯父さん、それは間違っていますでしょうが」

と恭順さを失わぬ程度で反駁した。わたしは、わたしの立場が著しく困難なものになってゆくのを感じる。あらわに云いあらわして、わたしが反抗者、地下工作者であることを看破られてはならないのである。わたしはどうにかして気持が通じてほしい、と祈った。強く反駁すればするほど、彼は当分、極端に「愛国、救国」的になり、つまり日本人的になり、心の通ぜぬ異邦人になってゆくのではないかと怖れたのだ。伯父は返事をしない。黙っている。我慢しているのだ。我慢の内容が見当違いのものでないことを祈る。

「衛生部というのは、薬品を扱うでしょうから、楊のためにサルバルサンを都合して

下さいませんか。それから、ヘロインの方は、断然禁圧するつもりでいますから用がありませんが……」

伯父よ、どうか気をつけてくれ、麻薬に深入りするならば、民族を毒化するものとして、わたしは黒々と舞台に登場して来たテロリストたちに通告しなければならぬのだ。

「そうだ……。おれも気をつけるよ、易者も云っとったよ、麻薬はいかん、とな」

道徳にではなくて、伯父は占いに頼っている。これは自由職業はいかん、官職名がないと、という考え方と同じものであろう。

麻薬の話を了えて、伯父は、さて、と云って立ち上った。芸妓屋へ行かねばならぬのである。出向いて来たコックたちもみな帰ったので、わたしは一刻も早く充電作業にとりかからねばならなかったのだが、伯父のことが気になって仕方がなかったので、近所まで送ってゆくことにした。情報も大切だが、人間の方がもっと大切だ。暗い通りへ出ると、伯父は、

「ところでな」と云って話題を変えた。「今夜来とったあの女な、あれの夫は経済部の若い課長だったんだが、旦那が漢口へ逃げたけれども、どうしても財産が思いきれないもんだから、旦那と共謀の上であいつが南京に残留して家財保全にあたることになったんだ。えらいもんだ、女丈夫だよ。お前は兄貴の家財を奴僕《ボーイ》になって守っとるが、あいつは進んで政府の秘書長室に入り込んどるよ。通謀敵国、保全国家、いや保全財物とい

うやつさ」

わたしは呆れた。何等情報を求めようという努力をしないでも、次々と情報は集まって来る、のだ。ここにも眼に見えぬ必然の糸のようなものを見る。透明人間にでもなったような気がする。

家へ戻って、直ちに充電作業にとりかかり、それを了えてから、わたしは鏡に自分の顔をうつし、つくづくと眺めた。誰もかれもがわたしの顔を見るや否や、何か情報に関したことを喋りたくなるというような、暗黙の誘引を感じるようになったとしたら、そのときわたしは破滅するだろう。あまりに専門的になりすぎて、平凡な日常性を失ったときに、破滅は来るのだ。認識、観察一方の人は、自らの破滅によってその認識にリアリティを与えるという始末になるらしい。破滅というものは、それが至近にまで迫って来たときには、むしろ甘美なものとさえ思われがちなものであることは、ここ半年ほどのあいだにいやというほど知らされた。それに、妻子を殺戮されたわたしは、孤独で、中年の男としては頗る平衡のとりにくい位置にある。わたしに一番必要なものは、子供を殺されても、強姦を眼前にしても、忍耐強く(諦めて、ではない)——、そして規則正しく大地を耕すあの農夫たちと肩を並べうる、強く、かつさりげない日常性なのだ。さりげなさというもの、それがいまやわたしの夢だ。

桐野大尉と従卒はどうせ朝まで帰って来ないであろうけれども、念のため床《とこ》をとりに二階へ上る。いつもするように、二階の電灯をぜんぶ点灯し、スタンドの電球を強い電球に変えて大尉の鞄のなかの書類をカメラで撮影。書類をもとへ戻してから、大尉の机辺を整理していると、ラティモアの中国研究書と、小型本の「論語」のあいだに粗末な英書が一冊あったので、手にとってみた。上海版のオブシーン・ブックであった。わたしは黯然とした。敵の堕落を憂うるにはあたらぬ、と云われるかもしれない。が、やはり、黯然とした。職業軍人ではない、もとは大学の教授か何かであるらしいあの大尉が、ラティモアと論語を読みながら、それで足らなくて……。大尉の楽屋裏を見たような、何かの現場に立会ったような厭な気がした。急速に堕落しつつあるのだ。大尉だけではない、身近な同胞のうちのある人々もが。わたしがこの家の単なる奴僕《ボーイ》ではなくて、兄の留守をあずかる弟であるということを知ったばかりの頃の大尉には、まだこんな風はなかった。わたしはこの(敵の)将校を、それでは愛していたか?

それは……ちょっと云えない。けれども、元教授としての知識教養と、中国侵略という行為との結びつかなさが、その暗い裂け目がこういう粗末な造本の英書を要求し、不相応な大宴会を催させるのであろうことは明らかだ。またそれが、恐らく例の「チェッ、憂鬱だなア」という口癖をもひき出すのであろう。憂鬱なことである。中国も日本も、裂けている。暗い。

しかし、彼は、彼等はいまのところ、伯父のことばで云えば、当分、勝利者である。

けれども、勝利は、勝利者という人間に属している様々のもののうちの、ほんの、一つの属性にすぎない。その証拠に彼等の勝利は、彼の憂鬱をさえ解消も正当化もしない。われわれは敗北者であるかもしれない、けれども戦敗は、敗者と呼ばれる人間の、ほんの、一つの属性であるにすぎない。あの農夫たちは敗者であるか、断じて敗者ではない、彼等は先ず第一に、農夫なのだ。彼等が抵抗に参加するときには、決して敗者としてではなく、農夫として参加するのだ。だから、彼等が戦うとしたら、その戦いは恐らく人間として、農夫としての解放をうるまで戦うということになるだろう。そしてその戦いは、戦っているうちに、いつか当面の敵たる日本軍をも超えてしまうだろう。克服してしまうだろう。そのとき敵は、いらいいらいなくなる。そうなったあかつきには、農夫としての存在は同様だとしても、人間としての在り方は、ちがったものになっているのではないか……。

いかに奴隷化物質化を強いられても、やはりわれわれは人間なのだ。

こう辿って来て、わたしはわれながら、実はびっくりした。このたびの戦争は、もしこれが正当に遂行されるとしたら、その結末は、つまり日本に対する抗戦は、いつのまにか克服され、結局、革命である……。

この戦争をついに克服するものは、革命だ。

わたしは、大尉を説得して、楊をこの家に引取る許可をうることについて自信をもつ。

＊＊＊

九月十二日

「大尉——」

とわたしは盆をおいて話しかけた。

箸をとりかけた桐野大尉は、椀を手にしたままふりかえった。顔があかい。デスクの上にグラスとウイスキーの瓶がおいてある。飲みながら書類の整理か、何か特務関係の起案でもやっていたのだ。ドアーをノックしたとき、ちょっと待て、と云って、二分ほどわたしを待たせた。

「何だ、何か用か」と日本語で云い、再びそれを英語で云いなおした。

しばらくわたしは黙っていた。

すると、大尉の方が、別のことを云い出した。この男は、沈黙に対しては弱いのだ。

「この」と彼はわたしが食後のデザート代りにもっていった椀の中味を指で示して、

「この蓮根の粉の汁粉は、中国語では何というのかね。この桃色の艶と云い、ねっとりと、ふっくらした感じは実に何とも云えないね。甘い、穏やかな香りもあるしね。日本にはないんだよ、これが。日本には葛湯しかないんだ。日本にだって蓮はあるんだが、どうしてこの蓮の粉の汁粉がないんだろうね。この色艶は、じっさいちょっと処女の肌を思わせるね。これは、なア陳さん、中国の文化の一つだと思うよ」

「大尉、実はひとつお願いがあるのです」

「お願い？　ほほう、珍しいことですね。何です、伺いましょう。いままでは、わたしの方からこそ、そんな奴僕《ボーイ》なんかしていないで、あなたらしい、というのはつまり、あなたの知識と身分にふさわしい仕事についてわれわれに協力して下さいと、われわれの方からお願いばかりしていたのだが、あなたはお聞き入れにならなかった。それで？」

「実は、わたしの従妹の楊妙音というものの消息がわかったのです。わたしの兄と、あなたがたの政府の衛生部につとめている伯父を除いては……」

「あなたがたの、は、ないでしょう、はッはッは」

「はあ。……兄とあの伯父の二人を除いては、わたしの親しいもののうち、たった一人の、生き残って、消息のはっきりしたものなのです」大尉は、眉をしかめて下を向いた。わたしの妻と子供は、日軍のために惨殺されている。「まだ女学生なのですが、これを引き取って養生させてやりたいのです」

「養生？　病気か？」

「遺憾ながら、そうなんです、腹が」大尉は露骨に顔をしかめてみせた。勿論病気だから厭だというのではない、「腹が」と云った意味が彼に通じたのだ。桐野大尉は、彼の同胞の兵隊たちが婦女子を強姦したり、掠奪放火などをやったりすることについて近頃は極度に神経質になっている。

「腹と云っても――、非道くはないんだろうね」

「栄養失調なのです」

「ええ？　あ、そうか」

あ、そうか――という意味は、自分は楊嬢が強姦されて性病になっているという風にとったが、胃腸をこわしているというだけのことなのか、ああそうなのか、ということらしかった。

「チブスやコレラじゃないだろうね」

実は、黴毒なのですとは、このときちょっと云いそびれた。黴毒の苦痛を消すために、ヘロイン中毒にまでなっているとは、なお云いかねた。

「チブスやコレラではありません」

「そう……」

しばらく大尉は、考え込んだ。

「伝染したりする心配は、ありません」

「そう……。済まないことだね、いろいろ苦労をなさる」

〝そう〟ということばには、本当に気の毒に思うという気持がこもっていた。けれども、異様なことに、その後の済まない云々には、むしろ勝ち誇ったような気味がうかがわれた。

「元来この家は、ね、陳さん、自分が敵産として接収して使っているが、元来はあなたの、いやあなたの奥地へ逃げた兄さんのものです。だから、あなたがあなたの従妹をこの家で養生させたい、それも戦争のおかげで病気になった若い女性を休ませたいと仰有るのに、わたしが反対する理由はない」

「それでは――」

「ちょっと待って下さい、ひとつふたつ、条件がある」

どんな条件か、わたしはここにいたるまでいくつか予想していたのだ。

「どういう……」

「どんな御病気なのかはっきりわかりませんが、とにかく戦争がなければ罹られなかったものでしょうから。ところで従妹さんの、名は何と仰有いますか？」

「楊、です」

「楊さんも良家の子女、それも上流の家の子女として何不足なく暮されたのでしょうから、戦争は仕方がないとしても、わたしには、病気をなおして上げる義務のようなものがあるように思うのです」

「…………」

それならば幾十百万の難民と死者たちをどうしてくれるつもりか。日軍の手になる南京暴行を、人間の、あるいは戦争による残虐性一般のなかに解消されてはたまったものではない。

「それで、楊さんを日本軍の病院で治療させて下さいませんか、そして療養中に写真を二三枚、撮らせて下さい」

「それでその写真を日本軍の慈悲深さを示すものとして、公開なさりたい、というわけですか？」

思わず声が鋭くなった。気をつけなければならない。

「いや、それは楊さん自身の承認をえてからにしたい、この二つがまあわたしの云う条件のようなものですが、二つとも、楊さんの自由意志で決定なさっていい、ということにしたいと思います」

「もしその二つともを彼女が拒否したとしても、この家につれて来ることだけは、承知して下さいますか」

大尉はしばらく天井を向いて頤《あご》を掌でこすっていた。

「そうですな《ザット・イズ》」声調がかわって急に太い声を出した。わたしはそれを、彼が決定を強いられたこの瞬間に、私人としての桐野から、急に指揮官、将校官僚としての桐野大尉に変ったのだ、と解釈する。「よろしい、いいでしょう」

「では、しばらくしたらつれて来ます」

「何ですって、そこらに来ておられるのですか？」

「ええ、実はあるアメリカ人の家にいるのです。そのアメリカ人は親切にしてくれるのですが、病人を嫌いますから」

「ほほう、アメリカ人が病人を嫌う？」

「当然、だと思います」あなただっていましがた、とまでは云わなかった。「いろいろありがとうございました」

大尉は、アメリカ人が嫌うことを、自分がしてやるということに、慈悲を垂れることになれた『皇軍』――何という古いことばだろう、千年か二千年以前の史談的戦争を思わせる――の将校として、何かくすぐったいような思いを味うらしかった。

台所の片づけものをすませ、午後八時きっかりにわたしは家を出た。ついでにしるしておけば、近頃桐野大尉は、午後八時以後は、奴僕《ボーイ》業を中止してもいい、自由になさってよろしい、ときどきわたしの話相手になって下さい、あなたのゆかれた海外の話でも聞かせて下さい（中国の事を話そうと云わなかったのはありがたい）――と云って、八時以後の解放を約束してくれたのだ。これは都合がいいようでもあり、また悪くもある。

何故なら、大尉の留守のとき、主として夜なのだが、わたしは日本式の寝床をとることを理由として大尉の部屋に入り、書類をフィルムに撮影していたからだ。

家を出て、わたしは尾行がついていないかと警戒しながら、廻り道を通ってKの下宿へ寄った。楊と例の刃物屋の青年とは、九時半に、ある茶館で会う約束だったのだ。

Kは突然、それも夜、わたしが訪れたことに可成り驚いたらしく、はじめのうちは、何事か、と警戒した。無理もないのだ、先日は、彼のダブルスパイ事件について、君を殺してもいい筈だ、とか、殺人専家にわたさねばならなくなるかもしれぬ、などと云ったのだから。

「今日は何の用なの？」

「いや、今日は別に用はないんだ、どうやら従妹の楊をひきとれることになったんだ。身近な人間についてのよいニュースを、いっしょになって喜んでくれる者が、いないんだよ。それに近頃君がどんな絵を描いているのか、見たくもなったので寄ってみたんだ。悪かったかな？」

「いや……。ダブルスパイがどんな絵を描いているか、内面からさぐろうってわけかい？」

「いやいや、そんなつもりはないよ、どうか変な工合にとらないでくれよ」

「うん、でもそうだったとしてもいいんだよ」

「うん……」

彼は物憂そうな様子で立ってゆき、壁に裏向けにたてかけてあった七十サンチに五十サンチほどのカンヴァスをもって来た。

しばらく以前に、わたしは、二〇年代の上海暴動の頃に、いっしょに暗い裏通りを逃げまわった画家志望の友人の思い出話を書いた。あれは、実はこのKのことなのだ。今度の戦争がはじまり、わたしが五人の諜者を統率することになって、そのなかに彼を見出したときの驚きは、相当なものだった。がしかし、その理由と経路を問いただすことは、わたしに許されてもいず任務でもないのだ。わたしたち全体を監視しているものが、別にいる筈である。

「これが近頃の作だよ。四日ほどで描いた」

絵は、黒い、垢びかりのする綿入れを着た、農夫らしい男の半身像であった。麦稈帽からはみ出した髪も、髭も、眉もほとんど白かった。黒い服の袖くちのところと、咽喉のところに配せられた、シャツとも首まきともつかぬものの赤の色がどぎつく、背景の黄と黒とをまぜあわせたような色合いのため、その赤は一層きわだっていた。物語的な様相は、ほとんどなかった。

「ずいぶん、リアリズムだね、ジョルジュ・ルオー風はもうやめたのかい？」

「うん……。何だかね、あんまりふさわしすぎるような気がし出したんだな」

「ははあ」

わたしは彼がカンヴァスを掛けたイーゼルの支柱の頂上に、いつものように十字架上の受難基督の小像がかけてあるのを、再確認した。

「しかし、信心の方は、やっているんだね」

「うん、それは……。しかし、やっぱり教会へゆくわけでもないんだから、……同じさ」

黒服の農夫を見ていると、何ということもなく、わたしはわが子英武が埋められている畑の、あの農夫を思い出した。

よく見ると、しかしこの黒服の農夫の眼が、どことなくおかしい、変な工合、つまり両方不揃いな感じがした。それを云うと、

「そうなんだ、いくらやってみても駄目なんだ。尤も、夜しか描かぬせいかもしれないがね」

「そうか、夜しか、ね」

「夜だよ、昼間は商売用の絵やその他で」と云ってちょっと悪戯《いたずら》っぽく眼くばせして、(この子供っぽいところがあの灰色の服の女に好かれるんだな、きっと)――「とにかくいそがしいせいもあるが、戦争がすむまでは、自分の絵は夜だけ描くことにしたんだ。どんな歪んだ結果になったとしても、それはそれでいいつもりなんだ」

「眼がチンバだな」

「うん……。それは認める、しかし、それに変な意味をとっつけるのはお断りするよ」

「ああ、そうか、わかった、悪かったよ、謝る。しかしね、急に桐野大尉のところへ出入りを中止しては、かえってよくないから、つづけてくれたまえよ」

「そう、それはそのつもりだ。しかし辛いね、眼が片チンバになる筈だよ。おっといけない、いま君に変な勘ぐりはやめてくれと云ったところだったね」

「しかし、君の絵も、いろいろに変るね、実際」

「……落着けないんだ、こんなところに十字架なんかくっつけて仕事をしているけれど、信じきれないんだ、何を信じたらいいか、わからないんだ」

「危険だな」

「うん、こんなリアリズムをやりはじめたのも、あまり危険だからね、何かこう、抽象が抽象を食らいつくしてしまったような気がして来たせいじゃないかと思うんだがね。しかし、なんだね、リアリズムってへんなものだね、方法があるような、ないような、謎みたいだよ。眼も片チンバになるだろうよ。何しろ、桐野大尉の謀略事務所へ出入りする、けれどもそのおれの行動が二心あるものではないと証明してくれるものは、同じ桐野大尉の私宅のボーイをしている君、君だけなんだからね、そしてその君は、君の家、つまり大尉の私宅の、秘密の地下室に無電機をもっている、君だっていつ逮捕されるかわからない」

「そうだ」

「だから、って云うのも変だけど、リアリズムだよ」

「そうか……。結局、いのちがけだからな」論理に飛躍はあったが、何となくわかるものがあった。「保証者は、自分自身と現実だけだからな」

部屋の隅には、日本人のためのお土産用の紫金山や城壁や莫愁、玄武両湖などを描いた、けばけばしく平べったい感じの小さい絵が重ねてあった。

「商売の方は？」

「それはまあ、いいんだ。だから、この前君が、金が欲しいのか、それがあの女との恋愛のようなことの何かなのか、と聞いたのは、ちょっと違うんだ。ひと息つきたいから金が欲しいのは事実だが」

「じゃ、何もかも信じきれない、絶望的だから？」

「まあ。そう云えばそういうことかな。突然……いや、突然でもないか——、とにかくあの大尉の事務所で出遭って、突然始まったんだ。女の方に、どういうわけがあったのか、わからないんだ、おれの方にしてもどういうわけがあったのか、それもよくわからないんだ。それでもこう、おれには、spark of life という気はしたんだから。……しかし、なんだね、女とのつきあいでね、それが恋愛かどうかってことはね、二人で、稚いときからの身上ばなしを話しあったかどうかってことでね、わかるように思うんだ」

「Spark of life, 人生の閃光、か。しかし恒常的な light of life ではなかった？」

「それは……、まあそれは云わせないでくれ」

「しかしまあ、恋愛をして、それでリアリズムになって、というのは」

「もうおれたちは、残念ながら子供じゃないんだよ」

「そうだとすると、君のその、絶望も何も、政治や戦争などとは一応切り離して、散文的なことを云うけれど、初老、中年の入り口に立った人間の危うさ、と解した方が、君自身にとっても気楽じゃないかな」

「じゃ何かい、戦争も政治もフィクショナルなもので、中年だとか初老だとかというこの方が現実的だとでも……」

「いやそんなつもりはない、われわれはいずれにしたって実際には、それぞれ認識と行為二つながらまるごとひとつの存在なのだから」

とまで云ってわたしは混乱して来た。戦争も政治も、初老中年も女も恋愛もがいっしょくたに、まるごとひとつのものになり、鼎のなかで、混沌としてぐつぐつ煮えている、そういうものを内側に感じた。混乱——しかしわたしはこの混乱混沌を悔いるような気持は、いささかも持たなかった。マイナスではない、という確信みたいなものがあった。分裂し混乱している、と自ら云い、あるいは他人に云われると、思い入れよろしく尤もだなどと思い、それの積極的な面をかえりみない読書人根性は唾棄すべきものだ。たとえどんなに分裂していようとも、人間はひとりひとりみな、まるごとひとつの存在なのだ。こういう当り前のことを確認するのが、何とむずかしくなっていることか。

わたしの方が考えこんでしまったので、Kはしばらく口笛を吹きながら、大型の西洋美術史の本をパタリパタリとめくっていた。そして不意に次のようなことを云い出してわたしをぎくりとさせた。

「何しろ君ね、こんな農夫の絵なんか描いていると、つくづく思うね、手に大した職ももたないでいて、それでいて君は大ていの外国語が出来、おれは日本語が出来るが、なまじ外国語なんぞが出来るという、そんなやつというものは、スパイにうってつけなんだよ。スパイってのは、政治家同様、手にはっきりした職のないものの総称だよ」

それならば、彼は少くとも絵描きであり、わたしは、手にどんな職をもっているか。ダブルスパイは、彼ではなくてこのわたしであるような気がして来たので、わたしはぎくりとしたのだ。

「じゃ、そのスパイを、スパイ技術を確実な手の職にすればいいじゃないか。そこまでゆけば、それは意志、精神の問題だよ、こうなれば」

「ええ?」

Kは呆れたような顔で、わたしを凝視した。わたしは、真剣に彼の眼を見詰めた。二秒、三秒、めまいがしそうな気がしたが、わたしは懸命に頑張った。そこにわたしの生命、精神を賭けた何かがあると、わたしは感じていた。

やがて、Kは何か自分が不測なわるいこと、思わずわたしの心を傷つけるようなことを云ったらしいとでも思ったのか、

「ええと、君、許してくれ、ええと、いまおれ、何を云ったっけね？　気を悪くしたんだったら許してくれ」

「いや、……」

と否定して、わたしは笑い出した。彼は本当に、五六秒以前に、はからずもどんなに真実なことを云ったか、覚えていないらしかった。

「君の云ったことは、本当だよ」

と云って、わたしは大分前に〝わたしはわたしを技術者として、愛国者なんぞという大仰なものとしてではなく、単純な技術者として認識したい。頭ではなく、手で考えることだ〟という意味のことを書きつけたことをちらりと思い出しながら立ち上った。楊と刃物屋に会う時間が来ていたのだ。

ドアーのところで、Kは重要な情報を手に入れたことを告げた。Kはカットや挿絵をもって日本側の新聞社に出入りしている。そこで、最近東京から来た記者をかこんでの日本人記者たちの雑談中、どうやら東京の政府は、五年前の脱退後もなお加わっていた、

国際聯盟の各種委員会全部から本式に脱退する決意をしたらしい、との由を耳にはさんだと云うのだ。

外に出て、深呼吸を一つしてからわたしは下弦の月を仰ぎながら暗い道を歩いた。いろいろなことを考えた。

そのなかの一つ。

それはKが口笛を吹きながらめくっていた美術史の本、それはわたしがパリーにいたときに彼に送ってやったものなのだが。

彼がぱらぱらめくっていた頁のなかに、一葉、異様にわたしの心を突き刺すような絵があった。粗末な机に向って、どことなくいやらしい好色そうな男が、パイプを吸いながら本を読んでいる図なのだ。額は両側から禿げ上り、その禿げた部分と鼻の頭とが光りのなかに浮き出している、膝におかれた手も白々とした光りをうけて、へんに生々《なまなま》しい。が、問題はその眼だ。その眼は、実に活字に食い入っている。眼が活字を嚙み砕いている、その音が聞えそうなほどに、突き刺すような烈しさで、彼は本を食っている。生々しい手は、いまにもつかみかかりそうで、猛禽類の爪を思わせる。机の上には、鵞ペンが短剣のようにインク壺に刺してある。背景の壁は、どす黒く、汚れている。そんな絵なのだ。

全体の印象は、惨憺たる、いやむしろ酸鼻と云いたいほどの身心の状況において、眼と手だけが匕首か爪そのもののように鋭くなり、その眼の力で、弱く愚かで迷いやすい心のなかの、ぼんやりかすんでいる霧の奥に、ひそかに静かに存在している魂——とでも云うしかないものに達している、とそう思わせるものがあった。光りをうけた額や酒やけしたような鼻の頭や手などの与える印象が好色な、しかも薄汚れた感じであり、動物的であればあるだけ、眼が凝視しているひらかれた本のあいだには、それら一切を越えて彼を救い得るものがひそんでいると考えたくなる、そういう絵であった。

わたしの記憶にして間違いがないならば、あれはクールべ筆になる仏国の詩人ボォドレエルの像だ。

そんな異国の頽唐派の詩人像に、どうしてこんなにも惹きつけられたのか？

ありていに云えば、わたしは、深夜地下室で前のめりになって無電機に向っているわたし自身の姿勢を、あの絵の詩人の身体恰好に認めたのだ。詩人は孜々《しし》として語を選び、練りきたえ、美を創造する。同じ姿勢で無電機に向い、わたしもまたそうであってはならぬという理由はなかろう。

けれども詩人は、あのように真剣な眼つきのまま、その肉体を、楊と同じく黴毒にむしばまれてゆき、わたしは、わたし自身の救いのために、祈りをこめて電鍵《キィ》を叩き、いつかは発見されて、拷問され、もういちど殺されるだろう……。

茶館の階段を上りながら、楊にヘロインの禁断症状が出たらどうするか、断乎としてヘロインを与えることを拒否しつづけることが出来るかどうか、あの洗濯屋の日本人に頭を下げてヘロインをわけてくれ、と頭を下げにゆくという悲惨事がどうか起らないように、矢張り機を見て上海のドイツ病院にでも入れた方がよくはないか、などとも考えた。

楊と刃物屋は、まだ来ていなかった。十分待ってわたしは茶館の親爺に、別の茶館の名を告げ、場処をかえた。

楊は、おどろくほど黒い顔をしていた。赤黒いのでもなく、青黒いのでもなく、ただ黒いのだ。より正確を期するとすれば、薄墨色とでも云えばいいか、皮膚の地は、しかしへんに白い感じなのだ、紙のような色、である。

階段を上ってくるとき、刃物屋は楊の肩を抱き、その後も甲斐甲斐《かいがい》しく世話をしていた。わたしを見つけても、楊には眼に見える反応はほとんどなかった。

「元気？　心配させたわ。ね？」

声がかすれきっている。Sの音だけで話しているみたいだ。

「とにかく、生きていてよかった」

「そう……。みんな死んだ、わね？　英武ちゃんも？」

「そう……」

「わたし、まだ膿が出るの、沢山。痛いの、歩くと。頭やからだにひびくから皮靴は、はけないの。布靴でないと」

「ヘロインは?」

「切れてから三週間目。気が狂う」

「どのくらい?」

「でも、もう失神はしなくなった」

そっと腕をまくってみせた。肱から肩まで汚れた繃帯でまいてあった。恐らく、木の枝のように細い腕にはりついた皮膚には、薄黒い点々、注射の跡の点々が無数にあり、そのひとつが膿をもって、膿と膿とがまざりあって、上膊全体は膿の棒のようにでもなっているのであろう。

「禁断症のときにはね、身体中の骨から、肉と皮とを引き千切られるような、肉のなかから骨を引き抜くような激痛なのよ。失神していても痛いの」

楊は指骨だけのような指に紙をはさんで鼻をかんだ。薄い紙に血が滲んだ。その顔は、何か得態の知れない表情を見せていた。何かが何かを蔽いかくしている。悲しみでもない、それほど暗くもない、が、以前の無邪気で積極的な、はっきりした意見をもった女学生でもない、どうにも馴じみ難い、なかへ入ることを拒むような、不透明なものだった。若い刃物屋が、いかにまめまめしく手をつくしても、それがどの程度に彼女に見えていいるか、疑問に思えた。

本当に孤独な、痩せて枯れ枯れの、病気の樹木。そんなに見えた。可哀想、とも云えなかった。眼は干あがった湖沼のように、乾いていた。

これがかつての、蘇州の陶器の名匠の愛娘であった。

一瞬わたしには、彼女がそこらあたりざらにいる売笑婦ではないか、と思ったときがあったことを告白しておく。

土気色の、薄墨色の顔と、かすれた声調のなかに沈んでいるもの、動揺するものの一切を喪い果てた、無関心にも近いようなもの。

盲いた人か、聾者を前にしているような気がして来た。

色も音も動きも、まったく彼女を動かさない……。

彼女の世界は、寂寞としている。

魂、とでもいうほかに、突然わたしの眼前にあらわれたこの薄墨色の存在のことを云う法がない。

重い外被が、悉く剝落してしまっているのだ。何かが何かを蔽いかくしているのではない、これはまったくの、真裸なのだ。

彼女が黙っていると、わたしは怖ろしくなる。

黒い彫刻のような沈黙だ。若い刃物屋が、お茶を代えてやったり、空気が冷えすぎはせぬか、とかと、ちょこまかと用を足してやりたくなる気持がよくわかる。

真裸のもの、魂を目前にしては、愛児の屍を前にした親たちのように、しずかに寄りあっているよりほかに法もない。

咽喉だけで話すような、かすれた声で、

「従兄《にい》さん覚えてる？　たしか、去年の十二月六日だったわ、まだ南京に日本軍が入って来ないで、でも砲弾をうけて火事はあったわ、あの日の朝、向いの家で池さらいをしたでしょう、池にいた艸魚や雷魚が、だんだん苦しくなって、あばれたでしょう、水がなくなって来て、泥のなかで泥をとばしてはねまわったでしょう、それから、蒼ざめたえらを切なげに、はあはあやって、それから白い腹を上にして、魚たちがいたでしょう。それから、池の主の大きな雷魚が、召使を傷つけたりして、あばれて、主人の逃亡兵の少佐が、しまいに、拳銃うって殺したでしょう……」

わたしは、背に総毛だつのを感じた。わたし自身が西大門で百人ずつかためての銃殺、機銃掃射を食って、奇蹟以外の理由なしに、助かった、あのときのことを、まざまざと思い出したのだ。わたしも、あの雷魚だったのだ。身体がそれを追体験していた。汗の粒が、皮膚に生えたがさがさの鱗をつたっていった。総毛ではなく、全部の鱗がそばだつように思った。

見ると楊嬢の前の卓子に、点滴のあとがあった。が、これは汗ではなく泪であるらしかった。けれども、それは悲しみや憎しみの泪ではなく、腐りかけた身体そのままのかたちの魂から自然に滲み出て来た無色透明な水だった。

「あの雷魚だったのよ、金陵大学の、あの安全地帯の、裏門のところの溝泥《どぶ》にうちあげられて、えらを動かして、腹をまる出しにして、咽喉がひからびてひっついて、胸が割れそうにふくらんで、それから、また泥のなかにずぶずぶと沈むように胸や腹が凹んで、両肩をおさえつけられて、身体中が火のように熱くて、雪が降って来て、十二月十五日の午後が、はじめで、それから何度もエラまで血だらけの雷魚になって、英武さんも莫愁さんも、おなかの赤ちゃんも、みんな死んでしまったわね。わたしのおなかの赤ちゃんもね」

…………………………

怖ろしい体験を、無関心といっていいほどの静かさで語る、薄墨色の楊は。楊の話に対しては、恐らくは彼女の生みの母親を除くのほかは、誰も相槌をうつことも、何かの応答をすることも出来ないだろう。

謎、そう……、裸のものは、もっとも現実的なものは、謎のようだ、謎のように看える。

この謎は、たった一つの名をもつ、それ以外の名をもってはいけないのだ。

もし、これに、愛という名ではない名がつくとなれば、どんな名であれ、この明白な謎、この元女学生は、きっと死ぬだろう、さもなければ自分を殺すだろう。

そしてわたしは、まったくの奇蹟によって百のうち九十九の死をまぬがれながらも、あれほどの裸形をとることが、なかった。

白痴にでもならぬ限り、男には、それが不可能なのか。

彼女を見ていると、なぜかしらぬが血というものについて考えさせられる。女は子を生む。すべてを金属を斫るように分析していって、人はついに血にうちあたってやむのか。

この夜十時半、楊をつれかえり、待っていた桐野大尉に紹介した。大尉は、心から心配して、きちんと服をつけたまま起きて待っていたのだ。

わたしは、たとえほんのすこしであるにもせよ、大尉のことを、敵だ、だから悪玉だ、悪党だというふうに考えたことのある自分を、楊という鏡に映し出され、恥じた。

楊は大尉に対して、何の反応も示さなかった。黙って、ちらと見て、すたすたとその前を歩き去った。

ベッドに寝かすと、彼女はかすれた声で、

「お母さん、英武ちゃん、莫愁さん」

と呼び、わたしが出してやった睡眠薬を飲んだ。眼は乾いている。

「何度も自殺しようとしたのよ、でも体力がないと、自殺も出来ない。体力が出来たら、生きるか、死ぬか、やってみるつもり。でも生きるから、心配しないで」とここまで云ってから口をつぐみ、ぽつりとつけ加えた。「生きるってことは、濡らすこと、死ぬってことは、乾くってこと。信じて、大丈夫だから」

楊の身体は、癩者も同然だった。彼女は刃物屋の青年については、一言も言及しなかった。

眠りについたので、召使部屋を出ると、戸の外に従卒の谷中がぼんやり立っていた、眼をしょぼつかせて、

「大尉殿のはなしじゃと、ひどい目にあったと云うがのう。むごいことじゃったのぅ」

夜半、日本に国際聯盟の各種委員会全体から脱退の機運ある旨、打電。

九月十三日

上海方面を通過した颱風のあおりを食い、暴風雨。

昨日の考えのつづき。

どんな体験をしたにしても赤裸にはなれぬわたしのような男というものは、偽の人間、ダブルスパイ、人間の裏切者なのか。汚辱のなかで、汚辱に馴れ、楊の云い方を誤用すれば、汚辱に身を〝濡らして〟しか生きられないか。

Kのところで見た詩人像の生々《なまなま》しさが思い出される。あの詩人は、汚辱と腐敗のさなかにあって、しかもなお何物かを(あの絵では本を)突き抜き突き徹ろうとしていた。その向う側とは何か、それは知らぬ。その意志が画面に燃えていた。

楊は何度か自殺しようとした、と云った。ということは、幾度か彼女自身と産褥の苦しみにも似た苦しい戦いを闘った、ということだ。そして彼女は、腐りかけた肉のなかからあの薄墨色の魂を生み出したのだ。赤子の代りに。

自分自身と闘うことのなかからしか、敵との闘いのきびしい必然性は、見出されえない、これが抵抗の原理原則だ。この原理原則にはずれた闘いは、すべて罪、罪悪である。莫愁を殺し、その腹のなかの子を殺し、英武を殺し、楊妙音を犯し、南京だけで数万の人間を凌辱した人間達は、彼等自身との闘いを、その意志を悉く放棄した人間達であった。

かつて心狭い白人達が異教徒を敵としたのは、基督を信じようという意志を放棄した人間と看たからだった。しかし、いまここにある問題は、信教やイデオロギーの問題ではない。

今日現在のわれわれの敵の掲げるものは、あやふやな夢にすぎぬ、その証拠に、彼等は絶えず身を引こうとしている、自分自身であるに堪え得ない。売笑婦か男色家のように寄ってゆくわれわれの千三ツ屋を悉く役人として登用する、登用しておいて自分は身を引こうとする。彼等の東亜解放というスローガン、それはそれでよろしい、しかしそれがどんなにきびしい理想であるかがわかったときには、彼等は身を引くだろう、千三ツ屋諸氏に担いきれるものでもない。解放は、必ずや人民全体の認識と、人間のなりたちの、つまり質的変化をともなう。彼等の軍組織とその秩序は、そしてわれわれのそれにしても然りであるが、この質の変化には堪え得ないだろう。日常見ているだけでも、彼等の指揮官の多くは、責任を負いたがらぬ、無政府主義《アナーキィ》的な官僚気質十分である。われわれのそれもまた。将校の階級が国際的なものであるように、官僚気質も万国に普遍なものだ。

例えば桐野大尉。今夜も、楊の処置について話に来い、と云った。その限りでは、実に親切に云ってくれた。衛生兵を毎日よこす、軍医も三日に一回、この家まで来さす、病名は本当は何か？　わたしは正直に云った。彼は顔を曇らせた。そして前日云った二つの条件を、自ら取り下げた。恩を着せるとは思うな、若い学生のことだから、ひょっとして健康になったら抗日運動の方へ寝返ってしまうかもしれないが、それでもいい、とも云った。その誠意をわたしは信じる。そして、その旨、楊に話した。彼女は一言も返辞をしなかった。そんなことは耳にも目にも入らぬという風だった。返辞をしない旨、大尉に告げた。大尉は、待つ、と云った。立派な態度である。これをしも勝利者の云々と理窟づけたりはしたくない。

ところが、その後でなおひきとめられて雑談をしているときわかったことだが、彼は数十冊たまった英独文の中国研究書や中国古典の、どの一冊をも完読していない、マルクシズムや経済学の話もしはじめたが、これも完読しているものが尠い。これが大学の教授だったのか、といささかわたしは衝撃をうけた。そういう教授は、われわれのなかにもいる。

彼は話しているうちに、目の前で崩壊してゆく。ウイスキーの瓶に手をのばす。奴僕《ボーイ》としてのわたしがサーヴィスをしようとする。彼は主人であることに堪えない。疚しさを感じる。教授に堪えず、将校であるに堪えず、孤独に堪え得ない。びくりと身を引こうとする。身を引いて、隅っこに追い詰められ——暴発する。これが危険なのだ、逃亡と暴発、これが南京暴行の潜在的理由ではないだろうか。いま中国にあって、彼は自分が日本人であるという当然事にさえ苦しむ。中国侵略は、彼等にとっては、心理的には、こうした、一種の日本脱出の夢の実現だったのではないか。がしかし、どこにいようとも、日本人であることをやめることは、出来ない。

彼等は国際聯盟、つまり国際社会からさえも脱出し逃亡しようと夢見る。孤独に堪えずして他国に押し込み、押し込むことによって孤立する、やがて全世界(彼等自身の民衆も含めて)を征服しない限り、そして征服してもなお、破滅するだろう。全世界の征服と、全世界からの逃亡とは、彼等にとって同義語ではなかろうか。孤立、破滅、そこに一種の美観にも似たものがあるらしい、それがわたしにはわかる。従卒の谷中は、二六時中、短調の、悲愴な調子の軍歌をうたっている。いったいどこの国に短調の軍歌や革命歌があったろう。彼等の美観は、社会、人民のさなかに存在するものではない、それは脱出者、逃亡者の、あやふやな夢だ。

九月十八日
九・一八記念日。
朝食のサーヴィスをしながら、大尉が一九三一年九月十八日、柳条溝での鉄路爆破事件のことを話すのを聞く。驚くべきことに、彼はあの事件が日軍が自ら手を下して爆破したものであることを知らない。中国軍がやったのだ、と思い込んでいる。日本人以外の、全世界の人々が知っていることを、彼は知らない。してみれば、南京暴行事件をも、一般の日本人は知らないのかもしれない。闘わぬ限り、われわれは「真実」をすらも守れず、それを歴史家に告げることも出来なくなるのだ。
大尉の朝食の後始末をする前に、ちょっと召使部屋をのぞいてみた。楊はまだ眠っていた。痩せた肢の膝のあたりを痙攣するかのように、ひくひくと動かしたり、何かを握りたいのか、指を動かしたりしていた。

ゆっくり眠るがいい、と思ってわたしはドアーを閉じた。そこへ、刃物屋の青年がやって来た。注射に来たのだ。今日は、荷物も担がず、割竹も撃たずにやって来た。眠っている旨を告げると、では待とう、と云った。この青年は、楊を愛しているのだろうか、楊がもしこの青年を信じていてくれるといいのだが、などと、食事の後始末をし、掃除にとりかかりながらわたしは考えていた。

二階の廊下を掃いていたとき、突然刃物屋の叫び声が聞えた。わたしを呼んでいる。〝楊女士が、楊女士が〟という声がまじっている。

わたしは箒を放り出して階段を駈け下りた。

階段の途中で、あッ、そうだ——、と思った。

「どうしても変です、脈搏が少いし、体温も異常に低いんです。もしかすると、また、だと思うんです」

自殺。

すぐにわたしは、両三日前に楊にわたした睡眠薬の箱をさがした。空《から》だった。それから、わたしが自分で使う箱も空だった。

「すぐお湯を沸かして下さい。それから、ゴム管が一メートル半ほどないでしょうか、漏斗も」

手早くガスに火をつけて湯を沸かし、二階の、ほとんど使ったことのないガス焜炉についていたゴム管をひきぬいた。青年はゴム管を湯のなかに突き込んで一応消毒し、楊の食いしばった歯をこじあけて割箸四本をかませ、その隙間からゴム管の一端を胃にさし込み、他の一端をわたしが高くささげもった大型の漏斗にさし込み、微温湯を胃に注入した。一升ほども注入したとき、青年は漏斗をベッドよりも下にさげてくれ、と云った。

白濁した液体が、漏斗の中へ戻って来た。

「白濁していますね。じゃまだ二時間とたっていない、今朝ですよ、飲んだのは。瞳孔の黒玉が大きくひらいていないかどうか、見て下さい」

黒玉は、別に大きくひらいているとも思えなかった。

胃洗滌は、成功したらしかった。

「これで、わたしの知る限りでは、三度目なんです。はじめはクリークに飛び込んだんです。それから二度目は、農家の納屋で首を吊ったんですが。身体が弱っていて、ぶら下がれずに失神してしまったというんです、それでも首筋に紅い条痕はついていたんですが。失敗したんです。今度は、従兄《にい》さんの許へ来たもんで、安心して、やったんでしょうか」

胃洗滌を三回繰りかえし、わたしは薬屋へ強心剤と葡萄糖を買いに走った。そして医者へ電話をかけた。注射液は、恐ろしく高かった。

帰ってみると、楊は意識を恢復していた。が、云うことはすべて狂っていた、幻視幻聴である。

腕に注射することは不可能なので、葡萄糖を手の甲の細い血管に入れる。医者の卵の刃物屋は必死である。この男は、必要なときにはてきぱきと動くことが出来る。

注射をすませると、楊は骨そのもののような指で天井を指さし、

「ほら、ほら、白い、雪がいっぱい、さささと、降ってくるじゃないの。寒い、寒いわ」

歯をカチカチと鳴らしながらの、〝寒い、寒い〟のあいだに、人間の声とは思われぬ、キィー、ヴィーという、怖ろしい叫び、悲鳴がまじるのだ。わたしはそれを、彼女の云う「雷魚になった瞬間」かと思い、また、白い雪、と繰りかえし繰りかえし云われると、去年の十二月十四日夜、莫愁、英武、楊、それにわたしの四人で馬羣小学校の修羅場を逃れ出し、機銃弾にしつこく追われながら、柩と柩のあいだに死伏していた、あのときのことを思い出す。白い粉雪が、あのとき、降っていた。あのときわたしは、わたしたち四人の伏していた柩の前に、首うなだれて立ちつくしていた、巨大な白い馬を見た。馬も血を流していた。

けれども、昨日楊と話したところでは、彼女はそんな馬なんかいなかった、と云う。あれ以来、長く長くわたしには、この白い馬の幻影がつきまとった。莫愁や英武や楊の

死を思うごとに、すうッと白い馬が、たてがみ長く、宙をかすめて飛んでゆくのだ。わたしにとっての白い馬は、恐らく楊にとっては、白い粉雪であり、池底の魚《うろくず》となっているのであろう。

恐怖は、凝りかたまって馬や魚や猫などの、プリミティヴな、動物的な象《かたち》をかたどっているのであろう。明《みん》孝陵の石獣の列を思い出す。

医者が来た。浣腸を施すほかには、別に新たなこともなく、刃物屋の処置は完全だった。

さいわいにして昼近く、彼女はほとんど意識を恢復した。

「眼が痛い、眼が痛い」

と云う。わたしは、これはメチルアルコールを誤って飲んだりすると、眼瞼の裏側に何となくごろごろするものができ、痛がゆい感じがする、あれと似た薬物の作用ではなかろうか、と思ったりする。

「どうしてこんなことしたの？　もうしないね」

とわたしと青年が代る代る呼ぶのに対して、細い、しかししっかりした声で、

「恐かったの、生きているのが、恐いの……。従兄《にい》さんの引出しに、薬の箱三つあったでしょう。それ、手に握って昨夜、安心して寝たの」誘導尋問風に訊ねてゆくと、いくらでも話しそうである。「それで、今朝になって、従兄《にい》さんがお台所しているとき、

朝日がきれいで、それで、従兄《にい》さんがベッドの傍においていったミルクで、飲んだの。でも矢張り体力が衰えていて、みな飲めなかった、一箱半しか」

「生きているのが恐いって？　死ぬのが恐いっていうのならわかるが……」

「死ぬのは、恐くない、ちっとも。だから飲んだの」

そう……、そうかもしれぬ、それが真実なのかもしれぬ――と、そうわたしは思った。人生は、この時間は、われわれが普通想っているように、生から死へと向うだけのものではなくて、死の方からもひたひたとやって来ている、そして現在の瞬間は、いつもこの二つの時間が潮境《しおざかい》のように波立ち、鼎の油のように沸き立っているという、そんな風に在るのかもしれぬ。その潮境には最初のものも終末も、戦争も虐殺も強姦も、一切が相接合し競合している。だから、

「元気を出さなけりゃいかんじゃないか、事の成行《なりゆき》のままじゃ、誰だって死ぬだけだ。このあいだ何て云った？　生きるから心配しないで、って云ったじゃないか。たったひとり、きみだけなんだ、いま従兄《にい》さんが心から信じているのは、な」

「ええ、ええ……」と二三度くりかえして、彼女はしばらく黙った。黙って何を考えているのか、氷よりも冷いものに触るような気がした。「ええ、でもこのあいだ云ったでしょう、生きるってことは、濡らすことだって、死ぬってことは、乾くことだって、ね」

「うん。だけど、そのすぐあとで、信じて、大丈夫だから、とも云ったよ」

「ええ、信じて、大丈夫だからって……、大丈夫だっていうのは、わたしが死んでも、生きていることとと」

「同じじゃないぞ、同じじゃないぞ」

「ええ、でも身体のまわりで、ざわざわ騒ぐ水が、泡立つようなものが、泥みたいなものが、何でももう、よくなったの。くちゃくちゃに濡れているよりも乾いた方がいいように思ったの。昨夜から、莫愁さんや英武ちゃんとも話したのよ、莫愁さんのおなかの赤ちゃんも、わたしの赤ちゃんも、みないたわよ、その話ったらね、ことばがひとつひとつ、鉱物みたいに光って、いて、ね。――でもやっぱり、雪が降っていたなあ、白いこまかいのが、ね。ほら、ほら、あそこからやっぱり降ってくるじゃないの、窓枠のところに、白い蠟燭が一本、たって、ともっているじゃないの――」

十滴ほど、ぽろぽろっと連続して、〝鉱物みたいに光った〟ものが榻のまなじりから噴き出て、こけた頬と、枕を濡らした。その妍《かおよ》さは、雪に埋まった死者を聯想させた。

それが、何ということなく、わたしを安堵させた。

「乾いたりしちゃだめだよ、干魚《ひざかな》みたいになっちゃだめだよ」

じっと、薄墨色の榻を見詰めていて、絶域という古語を思い出した。彼女は人に食われたものであり、このわたしは人を食べた(わたしはまだ息のある人をクリークに投げ込んだ)ものだ。絶域の二人、その上下、前後左右は氷のように冴えかえっている。わたしの思考も時間もここでとまる、天使か、母親かが来てくれなければならぬ。救いがあるか、ないかは、ここから先のことなのだ。

突然、伯父が訪ねて来た。

「もう心配はないと思いますから」

脈搏をはかりつづけていた青年がそっと囁いた。

伯父は桐野大尉から楊がかえって来た旨を聞いて駆けつけて来たのだ。病気のこともヘロインのことも承知していた。彼は召使部屋へ突入しようとする。わたしは、もうしばらく遠慮してくれ、と云うのに苦心をした。彼女が生きかえりよみがえるためには、いまは一定の温度と湿度が必要なのだ。冷たくなりすぎても、乾きすぎてもいけないのだ。それに刃物屋とばったり顔をあわせられても困るのだ。

伯父は、大きな扇で部厚い胸をばたばたあおぎながら、せかせかと、

「それでペィ(これは日本語のヘロインの略語、隠語だ)は要らんか、もう禁断症状はないか」

声を低めて、力いっぱいの声で、

「麻薬を扱うのは、やめなさい」

と、明白にわたしは云った。

「なになに、なに？　わしはやっとらん、わしは。みな東洋鬼子じゃ、やっとるのは」

「都合のよいときだけ鬼子だなんて」

「日本人に失礼かな。はッ、お前さん、いつから親日派になったかな、桐野の感化かな。じゃ、これ置いていくよ、しばらく留守にするからな。奴僕《ボーイ》のくせに、あまり大きな口をきくな」

伯父はサルバルサン注射液の入った大きな箱をどさりと玄関傍のサイドテーブルの上に置き、扇をばたばたさせて、ドアーもしめずに出ていった。真新しいパナマ帽をかぶり日避けパラソルをさし、ゆったりと石段を下りてゆく。わたしは、例によって、叩頭する。ちらと振りかえり、彼はわたしが叩頭しているのを見て、狡そうに笑い、片眼をとじてみせる。

楊は、静かに眠っていた。再び半昏睡状態である。

何という忙しい日であろう。青年と二人でひっそりと昼食をとっていると、今度は伯父の細君が、見舞いにではなくて、ほとんど呶鳴り込みに、来た。

「どいつもこいつも魚みたいにだらしなく殺されたり強姦されたり、あっぷあっぷと腹を上に浮き出して漢口やら重慶やらへ逃げ出してしまい、お前たったひとりが頼りになる身内だと思っていたに、そのお前までが奴僕《ボーイ》なんぞになってしまい、頼りにならぬ奴だと思っておったに、それでも南京におるからまだしもだと思っておったに、お前も何の頼りにもならぬ奴だ！」と、華奢なサイドテーブルに大きな尻を据えて怒り出した。何のことだ、いったい？「何を怪訝な顔をしとる。わたしは、あの業つくばりの助平爺を家から叩き出してやる。田舎に厳重に幽閉しちまう、家のことや金のことは、わたし一人で切盛りする。お前も知っとるのだろう、あの女、あの眼のひっこんだ女、お前のところの東洋兵《トンヤンピン》の宴会にも来とったというはなしだから、お前もその片割れだろう。あの女と、こそこそと、狗か畜生みたいに、汚れたことをしやがって、東洋兵《トンヤンピン》のインチキ政府の、衛生部の次長だなんぞと威張って、何になる。衛生部なんぞ、どうせ糞溜めの親方だのに、近頃は糞の上前をはねるだけでなくて、国禁の麻薬まで扱い、おまけに他人の、尻くされの第二夫人までちょろまかして、その女の財産を我物にしようという料簡まで起す。それでもお前の伯父か、奴僕《ボーイ》だとて頭ばかり下げるが能ではないぞ、このわたしを莫迦にするつもりか。田舎へ追いやって監視つきで幽閉する。田舎は大変なのじゃ、共産軍の匪賊どもが来ようとしておる。わかったか！」

まくしたてられて息がつまり返辞も出来ない。つばきがピンピンとんで来る。

「わかったか！」と、急に声をひそめ、あたりを、特に二階の様子を伺うような風を見せて「ところでな、大切にしてやれ、この金な、アメリカドルで三百ドル、これをもたしてな、あの娘、上海へやれ、ドイツ人の病院へ入れてやれ、黴毒はドイツがいちばん、そうせんとな」そこでとてつもない大声をはり上げて、「死ぬぞ、この莫迦者め！」

「このあいだ、はじめて会ったときからそう思っていたんです」

「そんなら、さっさと事を運ばんかい！　ああ、暑い！　ところでな、旅行証明とれるか？」

「あの娘のなら」

「あの娘のことなんか云っとらん、つきそってゆくお前のことじゃ、阿呆め！」

「とれます」

「東洋兵《トンヤンピン》なんかに頼むじゃないぞ。ほい、これ使え。大尉に話してな、これで今夜、夜行で行け、早いほどいいんじゃ。大切にしてやれ、残り少い身内じゃ。お前の伯父は、田舎へやるから、証明は、いらんのじゃ、女と上海なんぞへ行こうとしやがる」

旅行証明は、伯父の名になっていた。

「入院させてな、半年でも一年でもいい、身体がきれいになるまでな。それでお前は帰って来て、わたしの相談役になってくれ。大切にしてやれ、早くその金をしまえ。それじゃ、再見《ツアイチイエン》。今夜の夜行でなくともいい、けれど、なるべく早く行け、早い方がいいのじゃから。それじゃ、再見。可哀想に。東洋兵め！」

鼻の頭には粒々の汗、鼻の両側には泪の粒が次々と流れていた。纏足の足で、よちよちと石段を下りかける。危っかしいので駆け寄ると、

「まだ助《す》け手はいらん」

伯母がまくしたてて帰ったあと、眼覚めた楊に上海の病院へ行くか、とたずねた。長いあいだ、五分ほども黙っていたが、

「もし入院するとしたら、金陵大学の病院へ入りたい」

と云う。

今度はわたしが黙ってしまった。刃物屋も驚いたようで、目を瞠っていた。金陵大学は、彼女が、そして莫愁が、犯されれ殺されたその場所なのだ。

「よくなるものとしたら、外《ほか》のところへ行くんじゃなくて、こんな身体にされた、その現場でよみがえりたいの。外のところで、心や身体の傷を忘れたようなふりをして、それで快癒したりしたくないの」

「だけど、それはたいへんなことだよ。ひどい目にあった現場で、ってことは、結局、入院中は、毎日毎日、その、ひどい目を追体験することになるよ。幻視や幻聴がひどくなるばかりじゃないかな。たいへんな意志のいる仕事だよ。転地療法ってのは、病気のためには正当な……」

「いいえ、たいへんな意志が要るってことは、わかってるの。だけど、いま従兄《にい》さん、たいへんな意志のいる、何だって云った？」

「仕事、って云ったかな」

「ええ、現場にいなければ、病気がよくなることが、わたしの仕事にはならないよう

に思うの。仕事がなかったら、上海なんかへ行ったら、むしろ、かえって幻視や幻聴のなかで生きるようになるように思うの」

「ふーむ」

「いまね、この窓から庭の樹を見ていて、そんなこと考えたのよ。樹木ってね、とても智慧がある、とそんなに思ったの。樹木はどんなに傷をうけても、現場を動けないでしょう、逃げもかくれも出来ないわね。その場にいるより仕方がないでしょう。樹木はね、どんなひどい目に遭っても、その場で一生懸命待っているのよ、一生懸命根を動かして」

「そうか、根を働かして、か」

「わたしだって、自分が強姦された現場にいるのは、いや。だけど本当になおりたいなら、その場で徹底してゆくより法がないんじゃないかしら」

わたしはうなずいた。そして青年に、病院長の米人ウィルスン氏に二三日中に入院したい旨、連絡にいってもらった。

「迷惑のかけ通しね……」

しずかな、かすれ声が、しずかに、身に沁みて来る。それと何の脈絡もないが、秋だ、とわたしは不意に考えた。

楊は一つの、ある動かぬものに、たしかに達している。ということは、身心の傷と闘うための意志を、変な云い方だが、自殺を通じてもなお失っていない、という意味だ。自殺もまた彼女にとっては、傷と闘い、〝本当になおる〟ための努力だったのだということが、わたしにはわかった。苦しみのその只中で癒えよ。彼女にとって、その現場でということは、傷に膏薬をはるというようなことではなくて、自分自身の、完全な内発性によって、動物が自ら傷を嘗めてなおすようにして、秋冬が春を生むようにしてなおろうということなのだ。それを仕事にしようというのだ。

そしていま彼女が明確な存在者としてありうる位置と仕事は、そこにしかないのだ。楊が先夜出迎えた桐野大尉に、いささかも注意を払わなかったわけがわかったような気がした。

真に、そして真の内発性をもったものは——何と云えば、いいか、つまり、彼女がもし快癒したら、そして働き出したら、彼女が闘うのは、敵が来たから闘うという、そういう因果関係によってではないであろう。何かに触発されて、ではないのだ。ニヒリストとは、いつもいつも触発されてばかりいる人のことをいうのだ。

十月三日

桐野大尉、出張。恐らく、漢口攻略戦の模様を見にいったものと思われる。従卒の谷中の話によると、大尉はしきりに前線に出たがり、戦闘部隊につきたがっているという。どういうことか。情報将校という地味で退屈な仕事がいやなのか、それとも彼自身、何かしら空虚で、不安で、不満なのか。またあるいは、わが家での起居が重苦しく息苦しいのか。以上三つのうち、後者であるとすれば、わたしはより細心に、かつ、さりげなく動くようにしなければならぬ。つまり、虚心に、ということだ。

このあいだもこんなことがあった。

二階住いの大尉は、三階へは滅多に上らないのだが、三階の、かつてわたしの書斎だった部屋を見せろ、と云い、そこに、

士者不武

という文句をしるした額がかかっているのを見、どういうことか、とわたしに訊ねた。

わたしは、読んで字の通り、士タル者ハ武ナラズ、と答えた。

大尉は怪訝な顔をつくり、

「士たる者が武でなくてどうするのかね」

と呟くように云った。

わたしは口籠って、ろくに答えなかった。大尉はそのままですましてしまったが、も

しあのときどうしても答えねばならなかったとしたら、わたしはこんな風にでも答えただろう。つまり、

士農工商、四民業有リ、学ヲ以テ位ニ居ルヲ、士ト曰ウ、もしあなたが士ということばを軍人と解しているなら、古来われわれの軍隊の理想は、士農工商が各々の業そのままで武器をもつことだ、従ってそれは四民各々の生業を守るだけの、防衛軍であって、侵略軍ではありえないものだ、云々。

とまあ、こんなものであったろう。

大尉は不満であったろうが、黙っていてよかった。

しかし、果して黙っていてよかったか？

大尉もいつかはそれを知るだろう。

このところ、先日打電したKの情報、日本には国際社会から完全に脱退逃亡する機運ある様子、という情報について、政府各機関から鮮烈な反応があったので、その由をKにつたえに出掛けた。酒屋の壺中天に連絡をたのみ、会合場所を明《みん》孝陵とする。

秋風に吹かれて、ゆっくりと歩いてゆく。

途中、伯父によく似た身体恰好の男を見かけた。呶鳴り込みに来た伯母のことを思い出すと、何となくおかしくなる。しかし冗談ではない、田舎に監禁された伯父は、いま

ごろは日本軍と政府軍と共産軍との、この三つの軍に対して、財産土地をどうして守るかに苦心していることであろう。田舎に帰ることは、いいことだ、東方では如何なる思想も、それが田舎に於ても妥当であるかどうか、農耕労働と符合するかどうかで、試験され、価値を決定されるのだ。都会の思想は、大旨、夜の思想だ。都会は、自活出来ない。思想もまた。

その点、この南京は実にいいと思う。首都とはいえ、城内外に広大な畑地があり、池沼、丘陵、クリーク、実はそれらの方が家並のある地区よりもずっと広いのだ。

中山門で、日本兵に脱帽叩頭させられ、東北に屹立する紫金山の麓、明の太祖洪武帝、妃馬皇后、懿文《いぶん》太子を合葬した陵墓にいたる。艸むし荒廃し果てて凄涼。参道に、花崗岩の獅子、駱駝、象、獺《かわうそ》、騏驎及び馬の石獣が各二対、一は坐し一は立って並び、四将軍四文臣、計八基の石人が相対している。いつ来てみても実に怪奇異相な感じがする。ましてた高さ五メートルもある巨象など、どうしていったいこんなものを、と思うのだが、紫金山頂からこれを見るとき、陵墓に象徴された死と永遠から、不気味な幻視幻想とも見える、相対する怪奇な石獣石人のあいだを通って生へといたる、換言すれば城内へといたる道筋が、切実なものに見えて来るのである。整然たるものだ。アジア的混沌や不合理などでは断じてないのだ。また逆に城内から、わたしがいま歩いて来たようにして来るならば、人は死を越えて山頂へ、ついに天にいたる。

わたしはときどき空想裡に、紫金山の山頂に、北京にある天壇を置いてみる。空想は遠慮会釈もない。笑い出したくなるほど、広々として一切は湧きたってくる。わたしの楽しい宇宙像だ。この宇宙の縁辺に敵の島々も霞んで見えている。昨冬の、まさに殺、掠、姦がはじまろうとしていた、あの陰々たる日に見た、黒い巨大な鼎のことも思い出す。

かつて各地の華僑総会を頼って放浪してあるいた頃、回教の大寺院を見て、その葱《ねぎ》坊主のような塔を眺め、つくづくあの塔が「千夜一夜物語」の語られ方とまったく似ている、つまり一夜に一話、次から次へと語りつがれ、次第に話は短く簡潔になり、一夜は一夜とぐるぐる旋回して上昇してゆき、ついに千夜一夜、あの葱坊主の塔のような恰好をとることに感嘆したことがあった。そして物語が、つまり人間が終ったとき、尖塔の尖端から、ぱっと何かが飛び立つ。――わたしの気に入ったあそびだ。

Kが来た。絵具箱を肩にしている。そんなものをかついでいても、もう不思議ではない南京になっている。

「そうか、あれがそんな重要情報だったのか」

「だから、後報をとることを無理強いしてくれるな、と打ちかえしておいた」

「ありがとう」

用談を了えると、Kは早速女の話をはじめた。

「Spark of life か」

とわたしがひやかすと、

「束の間の閃光、とまあ君は云うけれど、それが何の値打ちもないものだったとしたら、いつまでたっても変らぬ薄光りにだって値打ちなんか、ない筈だよ」

とやや憤然と逆襲して来た。

わたしは素直にあやまった。そして白状した。

「実はぼくもあの女をはじめて壺中天の前で見たとき、はっ、とした。君は手が早い」

「うう……。そうか。しかし、なんだね、その、この年になって、中年っていうのかな、その辺で恋愛をすると、人生がちょっと過去になったみたいな気がするな。咽喉が蘞《えご》っぽいような感じだよ」

「咽喉が蘞いって？　なるほど……。それで君は、自分が以前よりは、いくらか変った、と思うかい？」

「いや、一向に。いや、そうでもないか」

二人で、短く笑った。笑いの味は、苦かった。

「楊はね、ときどき凝っとぼくを見詰めて、従兄《にい》さんは変った、顔かたちも、って云うんだ。ぼくは白髪がたいそうふえただけさ、と返事してるが、少し、気味がわるい」

艸をふんで松柏の間を歩いていたのだが、不意と沈黙が来た。しじまは暗かったが、ところどころ木洩日《こもれび》のような明るみも射し込んでいた。

やがてKが歩みをとめ、

「しかし、なんだね」と、いつもの口癖をかぶせて、「われわれの社会では、結局どの世界でもそうなのかもしれないけれど、恋愛はすぐに汚れてしまうね、すぐに女が、あるいは男が、道具化されてしまう、情報の道具に」

「うむ。だけど恋愛だけではなしに、束の間の閃光も薄光りも、とどのつまりは意志し希望しなければ、無いよ。道具化されるからといって嘆いたり恐れたりするのは、自分で病気になろうとしたり、なおるのを拒否しているようなものだろうよ。知ることよりも恐れることよりも、欲することの方が大事だよ。でなければ、何も彼もあやふやな夢におわる」

「うん。……煽動するね、君」

「そうかな、だけど本当にそう思ってるんだ。道具化され物質化されて、どんなに非人間的になっても、残るものが必ずある。でなかったら君、おたがいに去年の冬からあんなひどい修羅を通って来て、どうして……」

「そうか、非人間的、なんてあまり口に出すべきじゃないな、そうか……。ところであの女ね、日本人のめかけになった」

わたしは深呼吸をひとつした。秋の空気がはらわたにしみわたるように思う。明太祖埋骨の、小丘の下に出た。

「仕様がないねえ、われら恋人は。しかし異様な顔だったね、情なんてないみたいで、無頓着で、へんに無精ったらしいが、それでいて熱い、触ったら火傷しそうで、しかもなお冷い感じの、官能的、みたいな」

「なんだい、それゃ。なっとらんな。君は」

「御免、御免」

「けれど、実際、お化けみたいなひとだったな」

「財産のことなんかよりも、あのひとどうしたらいいかわからないんじゃないかな、堕落したんじゃなくて、本当のところは変に悲愴になってるんじゃないかな。――お化けの出る季節になったんだよ」

「秋だぜ、君。それとも商女不知亡国恨、とでもいうつもりか」

「しかし、まだまだ夜中だよ、われわれは。君は夜だけしか絵を描かんと云っとったじゃないか」

「君、莫愁さんや英武ちゃんの墓を建てろよ、早くな」

再び石人石獣の列を通って城内へ帰り、わたしは病院へ見舞いに行った。病室の前まで来ると、刃物屋の青年と楊とが激論していた。声が高い、わたしは中へとび込んだ。二人は、重慶へ行くべきか、延安へ行くべきか、と論じていたのだ。青年は当然延安へ、楊は正統政府のある重慶へという主張である。双方とも、おたがいの真意を諒解しているらしいのだが、青春に特有の形式論がまだ事のあいだにはさまっていた。青年は必死であった。

わたしは黙っていた。重慶でわたしの兄は、司法官の地位を悪用してとうとう逮捕されたのだが、これも黙っておいた。彼等は自ら選ぶべきだ。そこから、(同じくわたしにとっても)成熟という劇と運命がはじまる。農夫が脱落したり蹴爪づいたりしたら収穫をあげることが出来なくなる。救いがあるかないか、それは知らぬ。が、収穫のそれのように、人生は何度でも発見される。

解　説

辺見　庸

　戦後文芸史上でもきわめて特異な位置にありつづけているこの小説『時間』について、敗戦後七十年もへたいま、ことあらためてかたることと、これが単行本として上梓された一九五〇年代に論じられたこととでは、まったく質と様相が変わってくること、そして、その「変化」じたいに、じつは戦慄すべき「記憶の危機」がひそんでいることを、まず最初に読者におことわりしておかなければならない。

　変化とはなんだろうか。それは本書の歴史的背景となっている、ニッポン「皇軍」による対中国侵略戦争および南京大虐殺にかんする記憶と認識のはげしい移りかわりである。一九五〇年代には、四〇年代後半の極東国際軍事裁判(東京裁判)などで敗戦国ニッポンの戦争犯罪がさばかれ、非道酷烈な侵略と殺りくの実相があきらかにされてからそれほど間もないこともあって、〈ニッポンは中国を侵略していない〉〈南京大虐殺は〝幻〟であり、じっさいには存在しなかった〉――などという駁論は、すくなくとも大っぴらにはなされなかったのである。対中侵略も大虐殺も、いっぽんに既定の事実とみなされていたのであり、『時間』はそうした時代状況下で、制約をうけず自由闊達に書かれた文学作品であると言える。この国にいわゆる「自虐史観」批判なるものが登場し、〈南京大虐殺はなかった〉〈日本軍「慰安婦」問題は国内外の反日勢力の陰謀〉とまでさけぶ勢力のうごきがとくに目だちはじめ、それらが「日本版歴史修正主義」とよばれるまでになったのは、一九九〇年代に入ってからのことである。わたしたちが棲む空間は爾来、象徴的に言うならば、気圧、水圧、気流のすべてがじょじょに変わってゆき、言語表現の気圏でも〝漸進的収縮〟とでもよぶべき緩慢かつ着実な窒息現象が各所でみられるようになってきた。『時間』は自由な時代環境がはぐくんだ作品であり、ぎゃくに言えば、今日ではなかなか誕生しがたいテクストということになる。であるからこそ、本書は過去をかえりみ、過去から「いま」を照らすための貴重な光源のひとつなのである。

歴史認識という、おそらく人智のみがなしうるすぐれて高度な思考作業は、げんざい、国家間の利害を反映する政治的な行為にすりかえられ、政治利用されることがしばしばであり、南京大虐殺にかんしてもまたその例外ではない。過去をどうふりかえるかは、ほんらい政治に統制、左右されるものではないにもかかわらず、である。それは人間個体それぞれの記憶、回想、想起、記録、解析、伝承といった潜在力と営為にゆだねられるべきものなのに、げんざいは人間個体をおしのけた国家による国家のための「過去の確定」作業がかつてなくさかんである。国連教育科学文化機関（ユネスコ）は二〇一五年十月、中国が申請していた旧日本軍による南京大虐殺にかんする資料を世界記憶遺産に登録したと発表した。中国が「旧日本軍の犯罪」の記録とする歴史資料がユネスコによって「世界的に重要」と認定されたことになり、中国指導部は今後、歴史認識をめぐる対日攻勢をいっそうつよめそうだという。これにたいし日本側は「一方的な主張にもとづき申請されたもので、中立公平であるべき国際機関の行動として問題であり、きわめて遺憾だ」「(資料の)真正性に問題があることはあきらかだ」とする外務省報道官談話を発表した。中国側は南京大虐殺の世界記憶遺産入りを対日政治攻勢のテコとし、他方、ニッポン側は史実を過小評価して、できごとの真相解明に意欲をしめすのではなく、もっぱら中国側の政治姿勢への反発に終始しているようにみえる。人智のみがなしうるすぐれて高度な思考作業＝歴史認識は、いまや政治によってもみくちゃにされている。わたしの言う「記憶の危機」とはこのことである。

しかし、記憶が危機に瀕しているからこそこうなるのだろうか、いま『時間』を読むことのスリルと衝撃はあまりにも鮮やかである。「おそろしく基本的な時代だ、いまは。人間自体とひとしく、あらゆる価値や道徳が素裸にされてぎゅうぎゅうの目に遭わされている。ひょっとすると、いまいちばん苦しんでいるもの、苦しめられているものは、人間であるよりも、むしろ道徳というものなのかもしれない」と主人公が述懐するとき、わたしは過去の時空をつい「いま」とかさねてしまい胸を衝かれてしまう。にしても、なんという自由で冒険に満ちた手法でこの小説が臆することなくのびのびと紡がれたことか。だれもが最初におどろくのは、主人公の「わたし」が陳英諦という名の中国人インテリであることだろう。Nanking Atrocities や Nanking Massacre さらには The Rape of Nanking などという最大級の悪名で世界中につたえられ、「人間の想像力の限界が試される事件」(イアン・ブルマ『戦争の記憶』ちくま学芸文庫)とまでいわれる大虐殺事件を、第三者でも加害側でもなく、もしも被害側の目でみたなら、どんな光景がたちあがるか。加害側のたちいふるまいは中国人の目にはどううつったのか——という、どこまでも黯《あん》然《ぜん》として重苦しいテーマを、加害国ニッポンの作家、堀田善衞がひきうけ、みずからが塑像した中国人・陳英諦に仮託するかたちで、惨劇を活写し、ひとはここまで獣性をあらわにできうるものか、ニッポンジンとはなにか、歴史とはなにか——を縦横に思索させたのである。つまり、立場の交換もしくは〝目玉のいれかえ〟のようなことがひとりの作家の脳裡でなされた。はなれわざではある。それが文学作品上、成功しているかどうかをうんぬんするよりも、『時間』においてこれがなされたという勇気に、一にも二にもわたしは敬意をおぼえるものだ。

〝目玉のいれかえ〟とは、人間というとほうもない生き物の身ぶり、口ぶりの不可思議をつきとめるうえで、どうしてもひつような作業仮説の演習のようなものである。ほしいままに蛮性をむきだして殺し、犯し、略奪する「皇軍」兵士らが、蹂躙される者たちの目にはいったいどのように映じ、どのように感じられ、けっか、被害者たちにどのような思念と行動を励起したのか。おそらく近代のニッポンジンの多くにはこうした「他者」への観点と想像力がいちじるしく欠けていた。すなわち、侵攻され征服される人びとの身になって切実にかんがえてみる知性と想像力がまったく足りていなかった。作家じしん本書で吐露している「到底筆にも口にも出来ない」ような蛮行が可能になったのは、それゆえでもあろう。

「到底筆にも口にも出来ない」ことを、それでも小説にしようとおもいたったのは、堀田善衞じしんのことばによれば、一九四五年の五月、武田泰淳とともに南京に旅したときだった。夕陽をあびて紫や金色に照りはえる紫金山をのぞみつつ、「いつかはこれ(南京大虐殺)を書かねばならないであろうという、不吉な予感にとらわれた……」(「著者あとがき」『堀田善衞全集2』筑摩書房、一九九三年)という。「日本軍は中国軍の敗残兵ばかりではなく、一般市民・女性や子供までを見さかいなく襲い、放火、掠奪、婦女暴行などを数週間も続けたのであった。中国軍民の犠牲者は数万とするものから四十三万とする説もあった。日本国内ではこの大虐殺事件のことは、国民には秘匿されていた。／それは江南の景観の美とは、まったく対比も何も不可能な、長きにわたる日本の歴史の中でも稀にみる恥辱であった」(同)――これがあのできごとにたいする堀田の基本認識であった。「不吉な予感」「日本の歴史の中でも稀にみる恥辱」の表現はゾッとするほどにてきかくである。しかしながら、なぜ『時間』の執筆動機がすでにして堀田善衞に「不吉な予感」をよびおこしたのだろうか。それは「皇軍」の「聖戦」においておよそありうべからざること、だんじてあってはならないはずのことが、にもかかわらず、現出してしまったときにニッポンジンがとってきた従来の「作法」すなわち沈黙(ないしはみてみぬふり)を、正面からやぶることにともなう〝後難〟の予覚だったかもしれない。では、はたして『時間』発表の後難はあったのか? あったとも言えるし、なかったとも言える。『時間』の単行本と文庫は多くの読者に読まれた。が、なぜかこれがマスコミや文壇で大きな話題になったという記録はない。世論のはげしい攻撃にさらされることもなく、やんやの賞賛をあびることもありはしなかった。少なからぬ読者は息をひそめ、口をつぐみ、ドキドキしながら、こっそりと『時間』の頁を繰ったのだ。『時間』にはわたしたちの父祖たちの身ぶりがおぼろな影絵のように描かれており、それを大声で論ずるのはためらわれたのだった。だからなにもおきはしなかった。それをしも「後難なし」というなら、たしかに『時間』を世に問うことで災難は出来《しゅったい》しなかったのである。だがしかし、堀田の「不吉な予感」はある意味で的中したとわたしはおもう。

できごとが物語を食いやぶる。ないしは、事実がフィクションを圧倒する。そのようなことが人間の歴史にはいくたびかおきたことがある。言語でも映像でもとてもつつみきれない事実のけたはずれのすごみが、かえってできごとをストーリー化のあたわぬものとして未了のまま宙づりにしてしまう。南京大虐殺もそうなのではないか。未了のまま昏《くら》い空に宙づりになっているかぎり、南京大虐殺というできごとはまだ終わっていない。収束してはいない。いや、終わりたくても終わることができないでいるのだ。堀田善衞の「不吉な予感」とは、いまも宙づりになったまま終わることができないでいることのできごとの絶望的なふかみを、『時間』を書くことで知ってしまうことだったのではないだろうか。戦争はそのじっさいの連続的時間に継起する「全景」を、だれの肉眼によってもいまだしかとはみられたことのない、おそらくは人間社会固有の普遍的な現象である。みたとされるものは戦争の全景のほんのだんぺんにすぎないのだ。〈あれは戦争だったのだからいたしかたなかった〉という、よくある言い訳は戦争の全景が不可視にして不可知とされるぶんだけ、奇妙な説得力をもってしまう。「不吉な予感」を秘めた『時間』は、しかし、戦争一般にすべてをながしこむことで思考を放棄し、責任を忘却のうちに解消してしまう〝ニッポン方式〟につよく抵抗する。堀田の分身でもあるだろう主人公、陳英諦は、元大学教授のニッポン軍大尉桐野が「……戦争は仕方がないとしても……」と口走ったことにたいし「それならば幾十百万の難民と死者たちをどうしてくれるつもりか。日軍の手になる南京暴行を、人間の、あるいは戦争による残虐性一般のなかに解消されてはたまったものではない」と、胸中はげしく怒る。これには、日中戦争に抵抗も反対もせず時のいきおいのままにしたがい、大虐殺をもたんに戦争一般のせいに帰するニッポンの知識人への陳英諦の怒り、というより、堀田じしんの苦渋と自責がにじんでいるようだ。

南京の惨劇について『時間』はもうひとつ、だいじな視点をしめしている。それはあのできごとの犠牲者は世上言われたほど多くはない、といったたぐいの死者の数値化による事件の過小評価への反撃である。

「……数は観念を消してしまうのかもしれない。この事実を、黒い眼差しで見てはならない。また、これほどの人間の死を必要とし不可避的な手段となしうべき目的が存在しうると考えてはならぬ。死んだのは、そしてこれからまだまだ死ぬのは、何万人ではない、一人一人が死んだのだ。一人一人の死が、何万にのぼったのだ。何万と一人一人。この二つの数え方のあいだには、戦争と平和ほどの差異が、新聞記事と文学ほどの差がある……」

死者の多寡ではない、一人びとりの死への悼みと死のわけ・死の意味へのこだわり、これらにかんする一人びとりの思索。それがひとをひとたらしめる、生きてあるものを無色無臭の記号ではない、生きるに値する存在たらしめるあかしではないのか。数値とできごとのほんしつを混同する「黒い眼差し」は、『時間』が書かれた当時より今日のほうがこの世にあられもなく蔓延しているようにおもわれる。そうであるかぎり、小説『時間』は世界のかたすみで、これが書かれなければならなかったわけを主張しつづけるだろう。いま、南京大虐殺は、かけがえのない記憶の鏡のなかにある。時間の鏡の奥にある。そこになにが映っているか、しげしげとのぞいてみる。父祖たちはかつてそこでなにをしでかし、なにをしなかったのか、なぜしでかし、なぜ口をつぐんだのか。それらはどのように記憶され、かたりつがれ(なかったの)たか、あるいはどのように忘れられ、忘れるようにしむけられてきたか――それを探ることは、断絶された過去の川とげんざいの川をむすぶことである。「悪夢に包囲された世界(南京)にも、人間の世界全部に通ずる時間が存在していたのだ」と、堀田は時間の不思議をつづっている。あるいは「人間の時間、歴史の時間が濃度を増し、流れを速めて、他の国の異質な時間が侵入衝突して来て、瞬時に愛する者たちとの永訣を強いる……」とも書いている。時間とは空間とともに世界を成立させている基本形式であり、過去―現在―未来の不可逆な方向をもつとされる。南京大虐殺はかつて不可逆の時間のなかにたしかにあった。しかしそれはなかったのだと言いつのるひとびとも、やはり不可逆的時間のなかで、ふえている。そうなると、たぶん、われわれは時間の不可逆性もうたがわなくてはならないのかもしれない。

　ところで、堀田善衞は物故する四年前、右のような時間のぜったい法則に異を唱えるようなエッセイをしたためている。古代ギリシアでは、過去と現在が前方にあるものであり、したがって見ることができるものであり、見ることのできない未来は、背後にあるものである、と考えられていた——という、ホメロスの『オディッセイ』の訳注をみつけて、作家は言ったものだ。「これをもう少し敷衍すれば、われわれはすべて背中から未来へ入って行く、ということになるであろう」（『未来からの挨拶』筑摩書房）。言うなれば、未来は背後（過去）にあるのだから、可視的過去と現在の実相をみぬいてこそ、不可視の未来のイメージをつかむことができる、というわけだ。あったものがなかったと改ざんされた時間では、背中からおずおずと未来に入っていっても、なにもみえないはずである。戦慄せざるをえない。

（作家）

本書は一九五五年、新潮社より刊行された。底本には『堀田善衞全集2』(筑摩書房、一九九三年)を用いた。

時　間

2015年11月17日　第1刷発行
2023年6月15日　第8刷発行

著　者　堀田善衞《ほったよしえ》

発行者　坂本政謙

発行所　株式会社 岩波書店
〒101-8002 東京都千代田区一ツ橋2-5-5

案内 03-5210-4000　営業部 03-5210-4111
https://www.iwanami.co.jp/

印刷・精興社　製本・中永製本

ISBN 978-4-00-602271-6　Printed in Japan

岩波現代文庫創刊二〇年に際して

二一世紀が始まってからすでに二〇年が経とうとしています。この間のグローバル化の急激な進行は世界のあり方を大きく変えました。世界規模で経済や情報の結びつきが強まるとともに、国境を越えた人の移動は日常の光景となり、今やどこに住んでいても、私たちの暮らしは世界中の様々な出来事と無関係ではいられません。しかし、グローバル化の中で否応なくもたらされる「他者」との出会いや交流は、新たな文化や価値観だけではなく、摩擦や衝突、そしてしばしば憎悪までをも生み出しています。グローバル化にともなう副作用は、その恩恵を遥かにこえていると言わざるを得ません。

今私たちに求められているのは、国内、国外にかかわらず、異なる歴史や経験、文化を持つ「他者」と向き合い、よりよい関係を結び直してゆくための想像力、構想力ではないでしょうか。

新世紀の到来を目前にした二〇〇〇年一月に創刊された岩波現代文庫は、この二〇年を通して、哲学や歴史、経済、自然科学から、小説やエッセイ、ルポルタージュにいたるまで幅広いジャンルの書目を刊行してきました。一〇〇〇点を超える書目には、人類が直面してきた様々な課題と、試行錯誤の営みが刻まれています。読書を通した過去の「他者」との出会いから得られる知識や経験は、私たちがよりよい社会を作り上げてゆくために大きな示唆を与えてくれるはずです。

一冊の本が世界を変える大きな力を持つことを信じ、岩波現代文庫はこれからもさらなるラインナップの充実をめざしてゆきます。

（二〇二〇年一月）

岩波現代文庫［文芸］

B344
狡智の文化史
—人はなぜ騙すのか—
山本幸司

嘘、偽り、詐欺、謀略……。「狡智」という厄介な知のあり方と人間の本性との関わりについて、古今東西の史書・文学・神話・民話などを素材に考える。

B345
和の思想
—日本人の創造力—
長谷川櫂

和とは、海を越えてもたらされる異なる文化を受容・選択し、この国にふさわしく作り替える創造的な力・運動体である。〈解説〉中村桂子

B346
アジアの孤児
呉濁流

植民統治下の台湾人が生きた矛盾と苦悩を克明に描き、戦後に日本語で発表された、台湾文学の古典的名作。〈解説〉山口 守

B347
小説家の四季
1988—2002
佐藤正午

小説家は、日々の暮らしのなかに、なにを見つめているのだろう——。佐世保発の「ライフワーク的エッセイ」、第1期を収録！

B348
小説家の四季
2007—2015
佐藤正午

『アンダーリポート』『身の上話』『鳩の撃退法』、そして……。名作を生む日々の暮らしを軽妙洒脱に綴る「文芸的身辺雑記」、第2期を収録！

B349
増補 もうすぐやってくる尊皇攘夷思想のために
加藤典洋

幕末、戦前、そして現在。三度訪れるナショナリズムの起源としての尊皇攘夷思想に向き合うために。晩年の思索の増補決定版。〈解説〉野口良平

B350
大きな字で書くこと／僕の一〇〇〇と一つの夜
加藤典洋

批評家・加藤典洋が自らを回顧する連載を中心に、発病後も書き続けられた最後のことばたち。没後刊行された私家版の詩集と併録。〈解説〉荒川洋治

2023. 5